美国的生活

告诉你一个真实的美国

普拉纳里娅·詹·普赖斯（Planaria J. Price）
尤菲罗妮娅·艾韦库尼（Euphronia Awakuni）◎著
赵金萍◎译

Life in the USA

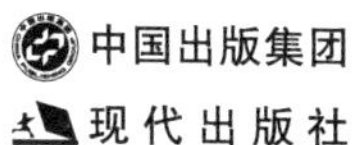
中国出版集团
现代出版社

图书在版编目（CIP）数据

美国的生活 /（美）普拉纳里娅·詹·普赖斯
(Planaria J. Price)，（美）尤菲罗妮娅·艾韦库尼
(Euphronia Awakuni) 著；赵金萍译．-- 北京：现代
出版社，2020.6
ISBN 978-7-5143-8160-3

Ⅰ．①美… Ⅱ．①普… ②尤… ③赵… Ⅲ．①书信集
—美国—现代 Ⅳ．① I712.65

中国版本图书馆 CIP 数据核字（2020）第 093426 号

版权登记号：01-2018-4632
Translation of text (not photos/comic strips) authorized by the University of Michigan Press
Copyright © University of Michigan, 2009
Translation Copyright Modern Press Co., Ltd, 2020
Not for export
本书正文文字（不含照片、漫画）由密歇根大学出版社授权出版。
版权归属密歇根大学，2009。
本书中文简体版由现代出版社有限公司于 2020 年出版。
本书仅限中国大陆地区发行。

美国的生活

作　　者：普拉纳里娅·詹·普赖斯（Planaria J. Price）
　　　　　尤菲罗妮娅·艾韦库尼（Euphronia Awakuni）　著
译　　者：赵金萍
选题策划：杨　静
责任编辑：杨　静　王　羽
出版发行：现代出版社
通信地址：北京市安定门外安华里504号
邮政编码：100011
电　　话：010-64267325　64245264（传真）
网　　址：www.1980xd.com
电子邮箱：xiandai@vip.sina.com
印　　刷：三河市国英印务有限公司

开　　本：880mm×1230mm　1/32
印　　张：6　　　　　字　　数：111 千字
版　　次：2020年8月第1版　　印　　次：2020 年 8 月第 1 次印刷
书　　号：ISBN 978-7-5143-8160-3
定　　价：28.00元

版权所有，翻印必究；未经许可，不得转载

译者序

在美国，你在任何一个城市都能获得免费的成人教育，而且形式多种多样。当年在加州库比蒂诺市（Cupertino，California）图书馆，我就发现了一个师生一对一的免费英语教学项目。为了能体验这种教学模式，按程序经过申请、面试，一位叫珍妮特（Janet）的美国人，以志愿者的身份担任了我的英语老师。她把这本 *Life in the USA* 作为英语教材送给了我。

在以本书为基础的学习体验过程中，我对美国文化有了比以往更为全面、系统、深入的了解。书中讲述了来自世界各国的移民学生，在美国生活所遇到的各种问题和困惑，以及老师给予的解疑释惑。通过学生们提出的生动有趣、故事性十足的问题，你将了解到美国与世界其他国家之间的文化差异。老师给予的指导性意见和建议，会让你明了美国人的文化习俗和生活习惯。尤其是在每个章节后提纲挈领的附注与提示，会让你清晰掌握在美国生活必须知晓的常识。

原著作者 Planaria J. Price 和 Euphronia Awakuni 是两位有着多年教学经验的英语老师。Planaria J. Price 同时还著有 *Competency in English — A Life Skills Approach*、*Open Sesame* 和 *Claiming My Place* 等多部作品。本书篇幅短小、文字简练、实用性强，在美国多次再版，作为教材在美国各地非母语英语教学中广泛使用。

赵金萍

赠言

无论是过去、现在，还是将来，我们都深深地感谢那些曾在埃文斯社区成人学校（Evans Community Adult School）和格兰岱尔社区学院（Glendale Community College）就读的所有优秀学生。感谢他们在这个陌生的国度，与我们一起分享他们的问题、困惑和令人尴尬的经历。

鸣谢

本书得益于密歇根大学出版社才华横溢、善解人意的编辑凯利 · 西贝尔 (Kelly Sippell) 女士的远见卓识。感谢她鼓励我们出版此书，把学生们遇到的各种问题和尴尬的经历展示出来，从而使人们能更好地理解美国文化。

目　录

前 言

欢迎来到美国!

当你来到这个拥有 3 亿多人口的国家，你一定感到既兴奋又紧张。请记住，你很可能会发现，美国文化与你自己国家的文化有很大的差别。你初到美国所经历的一切，也会与你在好莱坞电影或美国电视节目中所看到的不一样。

多年来，我们一直在加州洛杉矶地区的一所大型公立成人学校和格兰岱尔的一个小型社区学院，教授成人非母语英语课程。我们在这里结识了来自超过 96 个国家的学生。本书就是这些学生写给我们书信的汇编，他们在信中诉说了对美国文化的不解，也分享了让他们感到困惑的经历。

本书共有 9 个章节。首先，你会读到学生们写给我们的信（我们修正了其中一些语法和拼写的错误），然后你将读到我们给学生们的回复。通常，美国人写信时会在末尾加上附注，即补充的信息和说明。我们在每个章节结尾也添加了一个附注，用来强调应该牢记的重要内容，同时还附加了一些提示，也就是需要谨慎对待的注意事项。

我们希望这些问题以及相应的解答，能帮助你在美国找到更好的感觉。也希望你可以避免我们的学生曾经经历过的困惑与尴尬。

考虑到你的英语可能还不太熟练，我们尽可能使用简单的词汇和语法。书中的绝大部分语言属于中级水平。当我们使用了你可能不太熟悉的词汇时，我们都对它进行了标注和解释。

了解美国和美国人（书中提及的美国和美国人，是指美利坚合众国和在这里出生的人。有些不是在这里出生的人也是美国人，但他们通常不属于本书描述的范围），并不是一朝一夕的事情。写信的学生和我们作者都希望你能从本书中获益，从而使你在美国的生活变得更加舒适惬意。

重要说明

应该明确的是——本书内容是关于美国人的一般性叙述。美利坚合众国作为一个大国，包含了很多不同的族群，他们的家族来自世界各地。你会发现许多事情和我们所说的不尽相同，这取决于你遇到谁以及你住在哪儿。比如，本书的作者住在美国西海岸的一个大城市，而出版商和编辑生活在中西部地区，我们彼此对美国人的行为和想法，在很多方面的意见也不一致。尽管如此，我们还是尽可能准确地描述从纽约到洛杉矶、从佛罗里达州到华盛顿州、从夏威夷到阿拉斯加的普通美国人公认的风俗与习惯。

有益的提示

把你的眼睛用起来！瞧瞧美国的报纸漫画，读读儿童书籍和报纸咨询专栏，看看电视剧、喜剧和电影。所有这些都会让你从中获得更多的有关普通美国文化的信息。

这些往来书信将帮助你理解一部分美国文化。但即使读完整本书，你仍然会有一些疑问，可能依旧无法理解美国人为什么那样做事。对你来说，了解美国的最好途径是关注发生在你身边的事情，以此来学习什么是美国生活的常态，什么是礼貌的、什么是粗鲁的，什么是好的、什么是坏的，为什么美国人会这样做以及在什么情况下会这样做。问问你自己："这在我们自己的文化中常见吗（Would this be common in my culture）？""在这里，这样可以吗（Is it OK here）？""为什么（Why）？""这是什么情况（What is the situation）？"你可以在这个网站——www.press.umich.edu/esl 找到 101 项有关美国人和美国文化特征的参考内容，它对你了解美国会大有裨益。

电 视

对于一些人来说，了解美国文化最简单、最轻松的方式就是看电视。尤其是看情景喜剧对你特别有帮助。这些节目每周出现的人物角色是一样的，然而，每周发生在他们身上的趣事儿却有所不同。像《老友记》（*Friends*）或是《人人都爱雷蒙德》（*Everybody Loves Raymond*）这样的热门节目，都是帮助你了解美国价值观的好教材。注意，一定要找个美国人问问，你正在看的节目是不是代表了典型的美国文化。诸如《拖家带口》（*Married with Children*）、《南方公园》（*South Park*）、《辛普森一家》（*The Simpsons*）之类的节目，还有各种日间肥皂剧，以及许多脱口秀和真人秀节目都会有这样的情况——节目中的人物举止怪异、言语粗鲁。美国人之所以喜欢这些节目，恰恰是因为这些节目所展示的内容有悖于美国大众所公认的儒雅与适度。但不管怎样，有些日间肥皂剧对你英语水平的提高还是会有帮助的，因为他们为了能使观众跟得上剧情，许多话语会在情节推进过程中反复出现。

有些节目也会帮助你了解美国的法律和价值观——什么是正确的，什么是错误的。像电视节目《法官朱迪》（*Judge Judy*）和《人民法院》（*The People's Court*）就是这样的例子。

由于电视节目一直都处在不断的变化之中，所以一定要询问一位美国朋友或老师，听听他们对某个特定节目的看法，问问这些节目展示的是不是典型的美国生活。当然，你也可以求教于一些陌生人。正如你将在本书中读到的那样，多数美国人是非常友好的，有时就连陌生人也会告诉你他们的意见，所以不要羞于讨教。

报纸漫画

要想了解典型的美国文化价值观，欣赏报纸上的漫画和卡通是个好途径。在美国，报纸漫画是给受过教育的成年人提供消遣娱乐的。有时从漫画中学习，比从电视中学习更容易，因为漫画是一种静态的表现形式。你可以花很长时间来看一幅漫画，从而帮助你理解上面的画面和文字。找一两部你喜欢的漫画读下去。其实，漫画并不容易理解，但你逐渐地就会熟悉那些角色和他们之间的关系了。一定要非常仔细地观察，以便能从中学到美国的肢体语言。还需要知道的是，“卡通气球”里的文字（在人物角色头顶上方的文字）会在措辞上模拟日常会话，所以它们的拼写和语法好像有点奇怪。例如，I hafta go 的意思是“I have to go（我得走了）”；Doncha wanna 的意思是“Don't you want to（你不想吗）？”；He's gonna do it 的意思是“He is going to do it（他打算做）。”

报纸咨询专栏

报纸咨询专栏（the advice columns in a newspaper）是帮助你了解美国文化中礼节的信息来源。在报纸上最常见的有——“问艾比（Abby）”“问艾米（Amy）”，或者“问卡洛琳（Carolyn）”。你也可以尝试访问一个免费网站www.dearmrsweb.com。当然，你最初开始阅读咨询专栏时，其中的英语并不容易理解。专栏作者们会使用很多你可能还不知道的成语和俚语（非正式语言），但每天阅读这些专栏，慢慢地，你就会对美国文化中的常识和礼仪有一个非常清晰的概念。

图书馆和书籍

在美国，公共图书馆免费对所有人开放。你需要用某种身份证件办理借书卡，然后你就可以查阅书籍、CD、视频或 DVD 了。你还可以在图书馆免费使用电脑。最好与你所在地的图书馆联系确认一下，他们能够提供哪些服务。在图书馆，你可以去儿童读物区，阅览经典的美国儿童书籍；尝试阅读一下美国民间故事和美国历史。在所有文化中，儿童故事都为人们文化价值观的形成、词汇量的积累和语法规则的掌握奠定了基础。你祖母讲的故事影响了你的语言和价值观，美国的故事也会对英语这门语言和美国文化价值观产生同样的影响。

EXIT

音 乐

如果你需要提高你的英语水平，那就听听美国过去40年的流行音乐吧。我们的学生们推崇——法兰克辛纳屈（Frank Sinatra）、纳京·科尔（Nat King Cole）、埃维斯·普里斯利（Elvis Presley）、披头士乐队（the Beatles）、滚石乐队（the Rolling Stones）、大门乐队（the Doors ）、爱尔兰摇滚乐队（U2）以及席琳·迪翁（Celine Dion）。这些歌手唱词清晰，听他们的歌曲既可以帮助你训练听力技能，又能增进你对美国文化的理解。

成 功

你会发现，通过观看电视、电影，通过阅读漫画、咨询专栏和经典儿童故事，听美国的流行歌曲，你的英语将会越来越好，同时也能让你更深刻地理解美国人的所作所为。

附 注

可使用的网站

关于本书所包含的更多详细信息，我们建议——

● 登录 www.google.com 网站，输入你感兴趣的主题名称进行搜索。

● 访问 www.wikipedia.org 网站，输入你感兴趣的主题名称进行浏览。

●访 问 http://shagtown.com/days 网站，了解美国的节日。

● 访问 www.census.gov 网站，可以获取准确的，但有时令人感到困惑的美国统计数据。

● 访 问 http://quickfacts.census.gov 或 者 www.factfinder.census.gov 网站，可获得美国人口普查的相关概况。

更多的详细信息还可以尝试登录以下网站——

● www.infoplease.com

● www.factmonster.com

提 示

● 你可以找到数以千计与本书主题信息相关的网站，但是要注意，并非每个网站上的信息都是真实的，也不是所有网站的观点都一致。谨慎对待你的信息来源，不要只相信一个网站或一个人的意见。

第一章　第一印象

1. 美国面积与人口
2. 美国简史
3. 美国大熔炉：人口来源及语言统计
4. 美国文化之谜：基本价值观和不尽如人意的现实

1. 美国面积与人口

老师：

来美国，是我毕生的愿望。这里是我的梦想国度。但是老师，我到这儿已经两个月了，我所看到的一切完全出乎我的意料。我以为会像电影里那样，看到的只有说一口流利英语的白人，每个人都又高又瘦，有着一双蓝色的大眼睛和一头金色的头发。可实际上，无论走到哪里，我都会看到拉美人、亚洲人和黑人。昨天，我还看到一些穿着自己民族服装的人。而且公共场所的各种标识并不都是英文，有的是西班牙文、中文，有的是韩文、亚美尼亚文，甚至有的还是我们国家的文字。我听到人们说太多不一样的语言了。我到底还能不能遇到一个美国人，学说英语呢？

潘

亲爱的潘：

首先，可能你看到的那些人其实正是美国人。因为美国是一个移民国家，你看到的那些人的祖先来自其他一些国家。你每天所看到的美国人，可以说分别代表着世界上几乎每一个国家。这些人有着与他们祖先相同的肤色、眼睛和头发，但是他们大部分家庭都已经在这里生活了好几代，他们都已经是美国人了。那些用他们自己语言说话的人，可能是新移民。你看到的那些写着不同文字的标识，正是为了帮助像你一样英文还不太好的新移民。

亲爱的老师：

在去学校的路上，我每天都能看到躺在大街上的人。有时美国人会停下来，和他们聊上几句，甚至还会给他们一些钱。可在我们国家，无家可归的人（*homeless*）常常会抢劫、杀人。另外，在这里我看到的大部分城市都是干净的，但有些区域却非常脏，建筑上还有一些难看的字迹。如果我奶奶住在这里，她会受不了的。老师，我不是故意无礼，但这儿的确不是我想象中的美国。这正常吗？

索帕利

索帕利：

我知道，你没有料到会在美国看到这么多大煞风景的事情，你一定深感诧异。让我来解释一下其中的原因吧。你在好莱坞电影里看到的往往是一个不真实的美国，你现在看到的是美国真实的一部分。

无家可归的人令我心碎。这个国家无家可归的人实在是太多了。他们当中超过20%的人在某种程度上患病需要救助，还有一些人吸毒或酗酒。有些人失业了，而后他们因为没有钱支付各种费用，又失去了家。在那些气候温暖的美国城市中，无家可归的人就更多了。我经常会给那些看起来有病或残疾的人提供食物和钱，但我会远离那些看起来危险的人。然而大多数无家可归的人是没有恶意的。我为他们的境遇感到难过，为我所拥有的一切感到幸运。

脏乱的街道也让我感到痛心。大多数美国城市不会像你的国家那样使用街道清洁工，所以没有专人把人行道上的垃圾拿走，每个人都必须对自己的垃圾负责。可在大多数情况下，人们是懒惰和自私的。随地乱扔垃圾被称为“乱扔杂物（littering)”，是一种违法行为。如今，如果在公路（highway）上扔垃圾，你可能要支付高达1000美元的罚款。这是一个让人对美国感到困惑的例子。你有随心所欲的自由，但不能因为你的自由而剥夺别人的自由。所以，如果有人喜欢扔垃圾，而这种行为令我不开心，那么他们就必须停止这种行为，因为法律将保护我。

那些涂抹在建筑物上的文字和图画被称为“涂鸦（graffiti）”，是违法的。如果当事人被抓住了，将会坐牢或者支付罚金。当有人利用他们自己的“自由”，在别人的房屋、建筑和墙上随意涂抹时，他们正在剥夺我们欣赏美景的权利和自由。

你问我，所有这些事儿是不是很普遍，我不得不说，是这样的。但这并不意味着所有美国人都喜欢这样。

老师：

从我们国家飞到美国，我花了3个小时。然后，从佛罗里达飞到加利福尼亚，我却花了5个半小时！这真是一个幅员辽阔的国家呀！建筑是那么的高，轿车看起来像卡车。另外，老师，对不起，美国人的块头也大！我这辈子从没有见过这么多肥胖的人！老师，还有，为什么我与他们交谈时，他们总是不断地向后退呢？所有这些都是正常的吗？

胡安·何塞

亲爱的胡安·何塞：

是的，我想这些事情在多数城市都很常见。美国是一个非常大的国家，国土面积位居世界第三。美国本土面积为3718711平方英里，再加上夏威夷群岛132个岛屿的6470平方英里和阿拉斯加的591004平方英里，全国面积多达4316185平方英里。的确很大！

遗憾的是，许多美国人（有报道称66%）超重。对于美国人来说，这是一个敏感话题。胡安 · 何塞，很多美国人因为生活方式等因素导致肥胖，但也有很多美国人每天都非常认真地锻炼身体。

许多美国人喜欢他们周围有相对宽敞的空间，这源于美国的早些年代，那时空地很多。有些美国人喜欢开大型轿车。你或许注意到了，美国人似乎总是想要和别人保持足够大的空间和距离。美国人喜欢把自己身体周围的那一小块空间，称之为“一肘之地”（elbow room）。双手叉腰转个圈，这个范围差不多就是美国人喜欢的个人空间。当美国人似乎是从你面前往后退时，其实并不是因为他对你有反感，而是如果你站得太近（就像在你们文化中习惯的那样），美国人就会紧张，因为你“侵入”了他们的个人空间。

亲爱的老师：

许多年轻人在身上到处刺字，还佩戴着很大的耳环、鼻环和身体其他部位的环形饰物。他们染着紫色的头发，裤子看上去都快要掉下来了，还露出他们的内裤，肚皮也裸露在外面。我要是打扮成那样，我爸能杀了我。那实在是太难看了！

雅斯佩尔

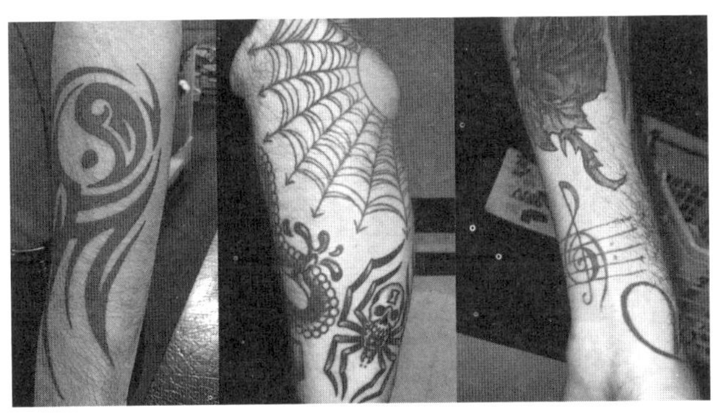

雅斯佩尔：

对我来说，许多青少年看上去也是怪怪的。在所有的文化中，年轻人都想要独立于他们的父母。在美国，由于人们非常崇尚独立，所以也就任由青少年穿着打扮与众不同。他们中很多人甚至想通过这种特立独行，令老一辈人感到惊愕。你在街上看到的正是整个美国的时尚潮流，而时尚潮流总是变来变去的。当下的时尚就是用文身来装饰皮肤，在身上佩戴很多环形饰品，将头发染成不同颜色。如今的美国，许多幼儿的父母和祖父母都希望，当他们的孩子长成青少年时，这种特别的时尚能够改变。

附 注

- 美国是世界上第三大国家。
- 美国人口总数超过 3 亿。
- 66% 的美国人超重。
- 美国人在意他们的个人空间。
- 美国人有各种各样的肤色、各种形式的宗教，说着世界各地的语言。
- 大约1%的美国人无家可归（约350万人）。
- 大约39%的无家可归者是儿童。
- 大约40%的无家可归者曾为美国打过仗。
- 一些主要城市的街道常常很脏。
- 青少年的穿着看起来很滑稽，许多青少年文身，在身体某些部位穿孔佩戴环形饰物。

提 示

- 谨慎对待陌生人，并要善于判断！
- 乱扔垃圾是违法的。
- 当你和美国人交谈时，一定不要离他们太近。要尊重他们的个人空间。
- 涂鸦（在墙上和街道上）是违法的。
- 游荡（站在公共场所无所事事）是违法的。

2. 美国简史

老师：

你一直说，如果不了解一门语言的文化背景就很难学好这门语言，而要理解这一文化，首先需要了解它的历史。我正在读一些你推荐的儿童读物，也尽可能多地试着看历史频道。但老师，我还是不明白，为什么我不能随处随意地吸烟呢？为什么你让我直接称呼你的名字，而不是“老师”呢？

达拉

达拉：

你通过读书、看电视来学习英语，真是太棒了！请记住，掌握一门新的语言需要8—10年的时间，你不可能一下子就理解所有的事情，但日积月累你就会渐渐地学会这门语言。

下面这些内容可能有助于你了解美国——众所周知，美国的历史真正始于1620年，那时，一些被称为清教徒（Pilgrims）的人，为了追求宗教信仰的自由，从英国移民来到美国东海岸。当时，许多现在的美国领土都是属于英国国王的。他允许这些清教徒在现在的马萨诸塞州建立一个殖民地（属于英国的一小块领地）。这些清教徒抵达后不久，另有一些人也从英格兰和西欧的其他地方来到这里。他们也在追求宗教信仰的自由，确切地说，他们真正想要的是选择的自由。他们想在社会上以自己的身份立足，而不是他们父母的。因为那时，在许多欧洲国家，是那些拥有皇室血统的人控制一切，所以他们想要自由地选择自己的未来，不希望政府、教会和家庭告诉他们应该做什么。在过去的400多年里，来自世界上几乎所有国家的移民，都是因为很多类似的原因来到了美国，你可能也是这种情况。

1776年，有13个殖民地，那里的人们想要完全摆脱英国国王和英国法律的束缚，争取完全的自由。他们为独立而战，并赢得了那场战争。几年后，美利坚合众国正式成立。新政府的宪法规定，人民享有一定自由的权利，而政府的法律将保护这些权利。

接下来，在19世纪初，美国新移民们要是对自己的生活不满意，就离开家向土地辽阔的西部迁移。这些人被称为拓荒者（Pioneers)。如你所知，这个国家太大了，拓荒者认为他们可以在任何地方建造房屋，同时占有这些土地。他们拥有许多农场，而且非常独立。只要这些拓荒者遵守法律，他们便可以随心所欲。但是有些法律并不完善，也不公平，因而美洲土著居民的土地被美国新移民夺走。还有非裔美国人从非洲被绑架到美国成为奴隶，可他们也同样拥有自由和独立的梦想。

到了21世纪，生活在美国的人们都知道，他们有权过他们自己想要的生活，追求自己的幸福。2008年，美国人选出了第一位非洲裔美国总统，这证实了美国人确实信奉人人机会平等。但情况并非那么简单。美国努力遵循法治的原则，用法律平等地维护每个人的权利，并要确保不会因为维护了一个人的自由而剥夺了另一个人的自由。这就是为什么你不能在我的课堂或餐厅吸烟的原因，因为你吸烟的快乐可能会剥夺我呼吸新鲜空气的快乐。

你会发现，不管一个人的皮肤、眼睛、头发是什么颜色，大多数生活在美国的人都希望能自由地决定自己的生活。由于《独立宣言》（*the Declaration of Independence*）所倡导的核心理念是人人平等，所以美国人在日常生活中往往都很随意。正如你所注意到的，无论对方是什么年龄、性别、职业或者职位，美国人都乐于和他们平等交流。这也就是为什么尽管我是你的老师，并且年纪比你大，但我还是要求你直呼我的名字，因为对我来说我们是平等的。

附注

●美国人信奉选择的自由。

●美国人是个人主义者，只要不伤害别人，他们喜欢追求自己的利益和愿望。

●美国遵循法治原则。

3. 美国大熔炉：人口来源及语言统计

(1) 种族和族群

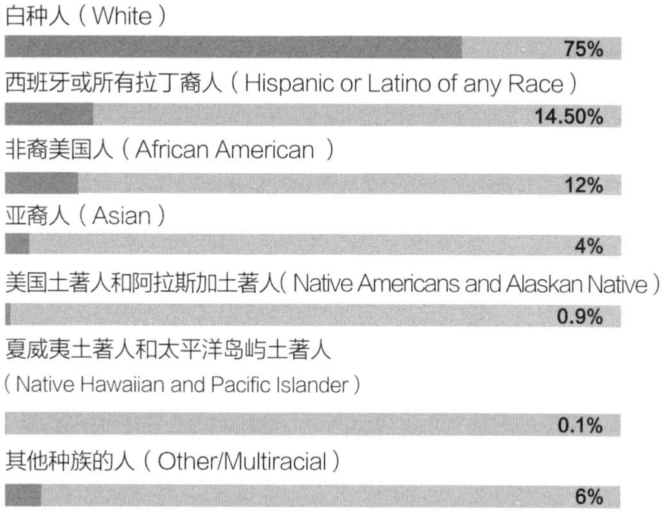

白种人（White）

75%

西班牙或所有拉丁裔人（Hispanic or Latino of any Race）

14.50%

非裔美国人（African American ）

12%

亚裔人（Asian）

4%

美国土著人和阿拉斯加土著人(Native Americans and Alaskan Native)

0.9%

夏威夷土著人和太平洋岛屿土著人

（Native Hawaiian and Pacific Islander）

0.1%

其他种族的人（Other/Multiracial）

6%

资料来源：2000 年美国人口普查。

说明：这些数字加起来超过了百分之百，是因为许多人声称属于两个或更多的种族或族群。

(2) 语言

2000年美国人口普查统计数据显示，美国家庭中使用的语言（包括手语）大约有337种，其中176种为美洲土著语言。美国人口中，92%的美国人认为自己的英语讲得“好”或“非常好”。有2.148亿人口说英语，其中82%（超过5岁）的人在家只说英语。

- 英语（English） 21,480万
- 西班牙语（Spanish）（包括克里奥尔语Creole）2800万
- 汉语（Chinese） 200万
- 法语（French）（包括克里奥尔语Creole） 160万
- 德语（German） 140万
- 塔加拉族语（Tagalog） 120万
- 越南语（Vietnamese） 110万

人们在家中使用的其他语言（按照从多到少的顺序排列）

意大利语------------Italian
朝鲜语------------Korean
俄语-------------Russian
波兰语-------------Polish
阿拉伯语------------Arabic
葡萄牙语--------Portuguese
日语------------Japanese
希腊语-------------Greek
印地语--------------Hindi
波斯语------------Persian
乌尔都语------------Urdu
古吉拉特语--------Gujarati
亚美尼亚语-------Armenian
希伯来语---------Hebrew
柬埔寨语-----Cambodian
意第绪语---------Yiddish
纳瓦霍语----------Navajo
苗语-------------Hmong
约鲁巴语----------Yoruba

(3) 宗教

美国的法律是确保政治和宗教完全分离的，所以美国人口普查并不统计人们的宗教信仰。这些数据是在各种民间调查和2000年人口普查的基础上估算出来的。

宗教	比例
基督教（Christianity）	76.7%
新教教派（Protestantism）	52.0%
罗马天主教（Roman Catholicism）	24.7%
不可知论者（Agnostics ） 无神论者（atheist） 无宗教信仰者（no religion ）	14.2%
犹太教（Judaism）	1.4%
伊斯兰教（Islam）	0.5%
佛教（Buddhism）	0.5%
印度教（Hinduism ）	0.5%
一神普救派（Unitarian Universalism）	0.4%
其他宗教（Other religions）	6%

提 示

● 歧视或侮辱他人宗教或种族的言论是违法的，可能会被判为仇恨罪而受到惩罚。

4. 美国文化之谜：基本价值观和不尽如人意的现实

这两个拼图展示了美国基本价值观以及不尽如人意的现实。它们会帮助你理解，为什么美国人会以那样的方式思考和做事。

美国基本价值观

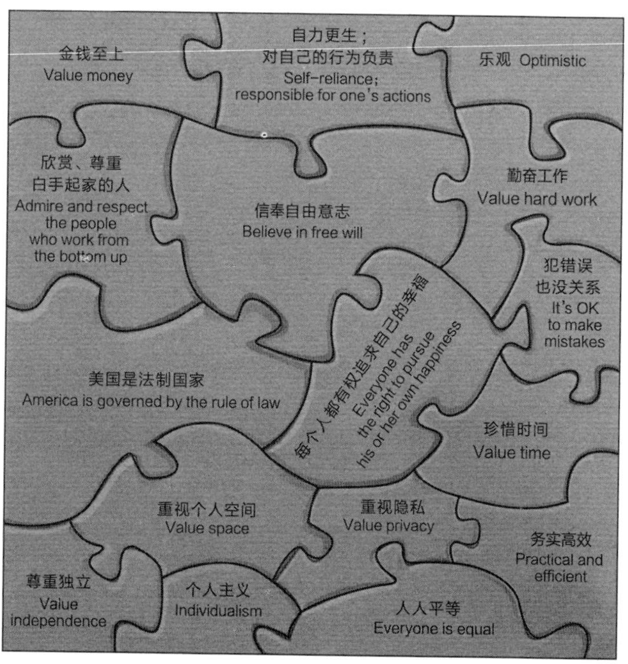

不尽如人意的现实

脏乱的街道
Dirty streets
一些人无家可归
Homelessness
高犯罪率
High crime rates
涂鸦
Graffiti
贫困
Poverty
过度拥挤的学校
Overcrowded school
交通问题
Traffic
许多美国人超重
Many Americans
are overweight
污染
Pollution
负担不起的卫生保健
No affordable health care

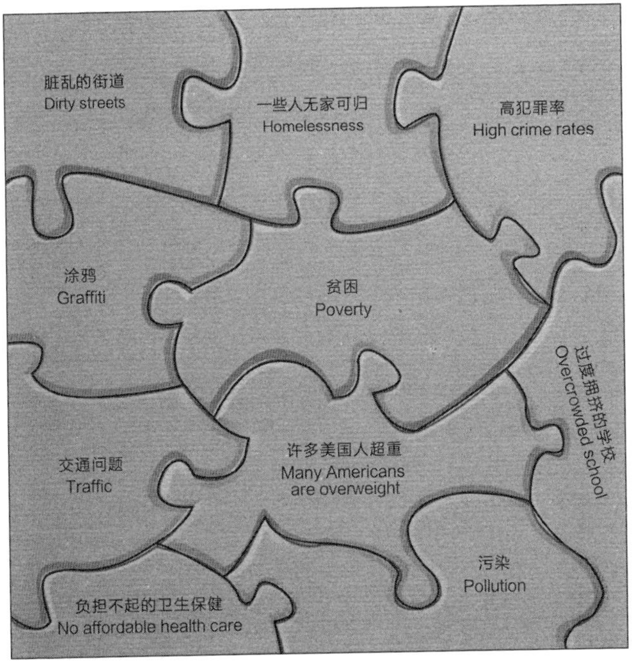

第二章　肢体语言

1. 肢体语言解读

2. 个人空间

3. 触摸

4. 手势

1. 肢体语言解读

老师：

有时你看来好像非常友好，不过你坐在桌子上讲课的那个时候，就不尊重我们了。有时，你双手叉腰，看起来很生气。这些在我们国家是很不礼貌的。这样说我很抱歉，但你这样做确实让我们感到不舒服。

戴基弘

戴基弘：

你认为我生气或不尊重你们，我很惊讶。还记得我们曾经谈过，交流不仅仅是通过词汇和语法吗？我向全班同学展示过一个有趣的事实，那就是 90% 的面对面交流是借助肢体语言和语气来完成的，只有 10% 的面对面交流是靠具体的词语。由于不同文化之间存在巨大差异，所以我们都需要注意理解肢体语言和声音所传达给他人的讯息含义。当我双手叉腰时，表示我很放松。这可能并非适用于每个人。我知道这听起来有点好笑——当你坐在教室的后面，双手交叉放在胸前，表情严肃，这让我也感到不舒服。当我还是一名新老师的时候，有的学生就像你一样坐着时，我还以为他在生我的气呢。可现在我知道了，这只是肢体语言的不同。通常，当美国人生气的时候，他们会把交叉的双臂紧紧地抱在胸前，看起来很严肃。当他们放松的时候，他们通常把手放在腰间。当然，这也要视情况而定。看看杂志和电视上的广告（尤其是时尚广告），你就会明白我的意思了。大多数的时装模特都会双手叉腰，笑容灿烂。

那为什么我会坐在桌子上呢？在美国，人们并不认为这样不得体。我坐在桌子上，而不是坐在桌子后面，是因为我不想在我们之间竖起一堵墙。我们都是平等的。我们之间唯一的不同就是我懂的英语比你们多！因此，大多数时候我都在教室里走来走去，每个人都能看见我，我也能看见你们每一个人。但有时候我累了，需要坐下来。如果我坐在桌子后面，没有多少学生能看到我，我也只能看到前面的几个人。所以我就坐在桌子上，这样每个人就都能看到我了，我也可以看到你们所有人。在美国学校，这是很常见的。

附 注

●各种文化背景下的肢体语言表达方式都有所不同。理解肢体语言，一般取决于当时彼此交流的总体情境。所以要对面部表情、肢体语言、语气和用词进行综合理解和判断。

●美国人双手叉腰时，他们通常是放松的。

●美国人把双臂紧紧地抱在胸前，表明他们很生气或者是很严肃（或是很冷）。

●美国老师坐在桌子上的现象很常见。

2. 个人空间

亲爱的老师：

你能告诉我美国人是怎样排队的吗？我想，昨天我可能惹怒了大家。我们正在自动取款机那儿排队等候，我前面的那位女士突然转过身来大声说了句什么，好像是“拜托！先生，给我一些空间（*Puh-leeze, sir, give me some room!*）”！我感到特别尴尬，可我并没有推搡或者做任何其他事情啊。后来我注意到排队的其他人互相间都站得很远。我知道这是一个大国，但人们真的需要那么大的空间吗？还有“*puh-leeze*”是什么意思？字典里没有这个词。

谢尔盖

亲爱的谢尔盖：

我很遗憾你有这样一个尴尬的经历，但你的观察力值得赞赏。很高兴你能分辨出别人什么时候不高兴，这是解读不同肢体语言的第一步。

你的观察是对的，谢尔盖。在美国排队和其他国家有所不同。美国人在自动取款机前，一般相互间不站得特别近，因为他们取钱的时候需要安全，希望有很大的空间。在超市或是电影院，人们就不会像在自动取款机前那样相互离得那么远了，但你应该了解，美国人重视保持空间的重要性，在排队的时候从不推搡。此外，插队或不排队都是不礼貌的。美国有句谚语“先到先得（first come, first served）”。每个人都必须等待轮到自己。排队时美国人喜欢直线、有序。有些美国人在排队时不和别人讲话。在大多数超市里，常常排有几条可以选择不同收银员的队。在一些商店、银行和邮局里只排成一队，然后再分散到几个店员那里。你可能会很惊讶，美国人通常会那么有耐心地排队等候（只要这队在移动）。

提 示

- 排队的人不推搡，也不站得太近。
- 挤进已经满员了的电梯是不礼貌的，请等待下一趟！当电梯门打开时，先下后上。在等公共汽车或地铁时也是如此。
- 不能插队，更不能不排队。

3. 触摸

亲爱的老师：

我有一些新结识的美国朋友，我非常喜欢他们，但是他们让我感觉有些不舒服。他们总是触摸我。当我去他们家或是在学校见到时，他们总是给我一个拥抱，即使我们几天前刚刚见过也是一样。上周，我送给一个朋友生日礼物。把礼物给她时，她拥抱了我，打开礼物的时候，她又拥抱了我。当我离开时，晚会上的每个人又都给了我一个拥抱。有时当我们说话的时候，他们会抚摸我的肩膀。我哥哥告诉我要当心，因为有些女人是同性恋，他认为我的朋友就是这种人。但是我的朋友常常谈论男孩呀。在我们国家，我们从来不会这样的。我喜欢我的朋友们，但是我觉得所有这些触摸太不可思议了！我应该怎么做呢？

苏·亨

亲爱的苏·亨：

我想我理解你是怎样的一种感受。我在美国长大，我的朋友们总是互相抚摸和拥抱。当我去日本的时候，我才看到你所描述的人人互不相碰的样子（也许火车上太拥挤的时候除外）。回到美国后，我注意到我的朋友是多么地喜欢拥抱——每当看到彼此、收到礼物、听到好消息时都会相互拥抱。从你告诉我的情况来看，我认为你的朋友不是同性恋。如今在美国，大多数男同性恋 (gays) 和女同性恋 (lesbians) 并不认为他们需要避讳他们的性取向，而是经常公开谈论自己的感受。所以，你不必担心有人会隐瞒自己是同性恋。你的朋友相当正常，是非常友好的美国人。的确，美国人彼此的触摸似乎比你们国家的人要多，但对另外一些国家的人来说，他们的触摸要少很多。不可否认，也许在美国不同地区和一些族群中可能会有更多的拥抱。

关于你能做什么，你有几个选择——试着和你的朋友说明你们国家的文化，告诉他们这样会让你感觉有多么不舒服。这应该不会伤害他们的感情。然后你就可以在没有拥抱的情况下，享受与他们在一起的快乐时光了。如果你不愿意告诉他们实情，你可以期待当你从他们的怀抱中脱身出来时，他们能读懂你的肢体语言。或者你也可以试着在进门时手里拿着东西来避免拥抱。另一个解决办法是什么都不做，希望你能习惯这些，入乡随俗。试着去享受你与美国朋友交往中带给你其他方面的快乐，想想你正在了解多少习俗和文化！

附 注

- 美国人之间经常拥抱是很普遍的。女人和男人也可以互相拥抱，即使他们只是泛泛之交（不是亲密的朋友）。
- 美国人经常轻拍别人的背部以示鼓励。我们甚至说，“他拍了拍我的后背（He gave me a pat on the back）”，意思是他对我表示了赞许。

提 示

- 如果一个异性（或任何一个人）以一种让你不自在的方式触碰了你，就制止他，说这让你感到不舒服！礼貌地告诉他们别再碰你了。

4. 手势

亲爱的老师:

今天早上，我和我的孩子受到一个老太太的无礼对待。我推着婴儿车和我儿子汉龙坐在公园里，这时一个老太太走过来。她对我说，这孩子多可爱呀！接着她就开始和汉龙玩一个游戏。她说要“拿走汉龙的鼻子（*to get Hanon's nose*）”，于是她假装用她的拇指和另外两个手指揪我小孩的鼻子。她做了三次，第三次她说：“噢，看！你的鼻子（*Oh, look! I have your nose*）！”她在我小孩面前挥动她的手，并且做了一个吓人的手势。她把拇指放在她的另外两个手指之间，在汉龙面前晃了好几次，然后笑着离开了。我顿感心绪不宁，立刻回了家。你是否认为她是一个种族主义者呢?

米卡

亲爱的米卡:

很遗憾，你有这样不愉快的经历。我和我的孩子，以及我妈妈和我，也玩过那个老太太与汉龙玩的同样的游戏。我们对婴儿说：“我要拿走你的鼻子（I'm going to get your nose）！”然后把孩子的鼻子夹在食指和中指之间两次，第三次我们做的时候，就把拇指放在两个手指之间，然后说“在这里（And there it is）！”宝宝以为鼻子不见了，就害怕了。然后我们“再把它放回去（put it back）”，宝宝又笑了。显然，在你们国家把拇指放在两个手指之间是粗鲁的。但在这里，除了逗孩子玩以外，没有任何其他的意思。这个老太太做的唯一不得体的事，就是未经你的允许就触摸了你的孩子。一个陌生人触摸婴儿或小孩是不可以的。

亲爱的老师：

你告诉我们要一直留心观察，并且要不断地提问。所以我想告诉你，昨天当你告诉我们，你的小女儿有多高，你的狗有多大，你用手做了相同手势的时候，我有多震惊！在我们国家，我们从来没有这样做过。那太不尊重人了。当我们展示一个人的身高时，会用手指直指天花板。而当我们展示动物的身高时，会手心向下，与地面平行，就像你为你的女儿做的那样。当展示桌子的高度时，我们把手移向一侧。另外，你用手指数数的方式也和我们不一样。我的观察对吗？这是标准的美国文化吗？

罗伯特

亲爱的罗伯特：

你的观察值得称道。如果你在课堂上问了我这么好的问题，那我就可以和大家一起分享这个解释了。是的，我们用的是相同的手势来表示人、动物和东西的高度。我们只是简单地把手放在特定的高度，手心朝向地面。我不知道你们的做法会有所不同。

也许这是出于我们平等的理念吧！是的，我也注意到了，在每一种文化中，人们用手数数的方式都不一样。我总是从左手大拇指开始，并且掌心对着自己，然后依次抬起每一个手指。如果需要数到10，那我会用我的右手再数剩下的数字。请帮我想着明天有课的时候，咱们一起来数数。观看不同的方法数数，那将是一件非常有趣的事儿。

亲爱的老师：

美国人使用手势的方式很奇怪。昨天我的室友让我走开，但我感觉她表达的意思是过来。人们站着和我说话的时候，把手插进兜里，这在我们国家是很无礼的。还有，当我用中指指向别人时，他真的很气愤。

埃里卡

亲爱的埃里卡：

不同国家之间的手势（我们用手交流的方式）区别是很大的。在美国，“过来（come here）”的手势是把你的手举起来，手心面向你，与你的面部同高，然后朝向你的面部屈动你的手指。如果有人只用食指指向你，那通常是粗鲁的。不过，十分常见的是，美国人在强调自己的观点时，常常会抖动食指，意思是“听我说，这是非常重要的（Listen to me. This is very important）”。只伸出你的中指是极其粗野的手势，你永远不应该用那个手指直接指向别人。

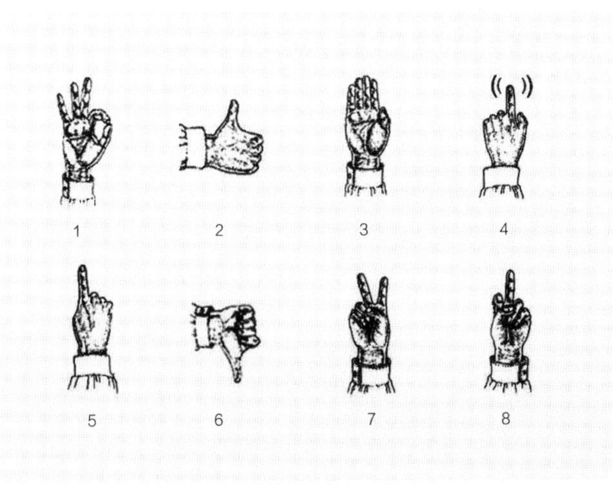

1. 好吧（Okay）；我同意（I approve）；很好（it's good）

2. 很好（Very good）；赞许（thumbs up）

3. "停（Stop）"或者"等一下（wait）"

4. 听我说，这很重要的（Listen to me, This is important）

5. 常常用于叫出租车（Used to call a taxi）

6. 不好（Not good）；贬低（thumbs down）

7. 和平；爱（Peace；love）

8. 侮辱（An insult）；极其粗鲁（extremely rude）；
   表达愤怒或不满（expresses anger or displeasure）

附 注

● 在公共场合擤鼻涕并非不文明，但不要太大声，你必须使用手帕或纸巾（而不是你的手指）。

● 指一个东西，可以用食指。要是强调重点，也可以上下或侧向晃动你的食指。但是要小心，不要直接指向人。

● 当有人朝我们看或者指着我们的方向时，我们并不确定他们是否真的在叫我们，我们通常会用食指，指着自己的胸部，稍微歪着头用疑问的眼神问："我（Me）？"

● 手心朝外左右摆动，意思是"不（no）"，或"走开(go away)"。

● 举起手，手心朝前，但是不动，意思是"停止(stop)"。

提 示

● 美国人可能会对你眨眼(睁一只眼闭一只眼)。这通常是一种玩笑或是逗趣的示意。可如果不是玩笑，男人对女人眨眼（反之也一样），那是不合适的。因为这可能是一种挑逗。记住，理解肢体语言总是取决于具体情境。

● 在公共场合，绝不要用手指抠鼻子。

● 有些美国人认为，在公共场合使用牙签是不得体的，即使你用餐巾把它遮起来也一样。

● 在公共场所吐痰是不文明的，但你会在电视上看到运动员这样做。

● 有些人认为把手指放进嘴里（就像嚼指甲一样）是缺少教养的表现。

● 切勿只出示中指，这是一种侮辱。

● 对别人挥动紧握的拳头是粗野的，尤其对着别人的脸，这是愤怒的表达。

● 对任何陌生人盯着看很久，或者吹口哨（用双唇发出响声）都是无礼的。

3

第三章　社会风俗和礼仪

1. 微笑
2. 问好
3. 餐馆用餐
4. 家中做客
5. 美国人的聚会
6. 穿着
7. 禁忌话题

1. 微笑

老师：

我不想无礼，但美国人太虚伪了。他们似乎很假。他们每时每刻都在微笑，常常和陌生人打招呼。昨天在公共汽车上，一位老太太告诉我她的名字，然后就和我说起她离婚以及她与前夫的矛盾。我以前从没见过她呀！在大学里，我结识了一个好朋友，我们聊了又聊，还互换了电话号码，她说："让我们一起吃个饭吧（Let's meet for lunch）。"可三个星期过去了，她从来没打过电话。

娜塔莎

亲爱的娜塔莎：

你不是第一个对美国人经常微笑、与陌生人交谈感到惊讶的学生。你在问友好的美国人是否真的很真诚。答案是——美国人在遇到陌生人的时候，并不虚假伪善。大多数美国人都很友好，而且确实经常微笑。顺便说一句，如果没有微笑的口型，就很难说出清晰的英语！美国人十分乐于与人结交，你可以在微笑和友好的交谈中感受到这一点。

在美国，友好并充满好奇心地与陌生人交谈是很常见的。正如你所经历的那样，美国人有时会问别人（包括刚刚在公共汽车上遇到的，或在银行排队，或在聚会上认识的新朋友）一些个人问题。当然，娜塔莎，如果这让你感到不自在，你就不必回答。你可以通过问他们另外一个问题来迅速改变话题，或者实话实说："谈论这些让我感觉不舒服（I feel uncomfortable talking about that）。”大多数美国人并不在意和别人分享一点他们自己的生活。只是要注意，绝不要问美国人—— 他们的年龄、宗教信仰、收入或体重。这些话题在美国是禁忌的。这个传统源于第一批殖民地开拓者（17世纪从英国来到美国的人们），他们想要自由地选择一种新的生活，这种生活不取决于他们的宗教、年龄或社会阶层。

通常你遇到的美国人会说："我们应当尽快一起吃个饭（We must get together for lunch soon ）。"但那个人从来没有给你打过电话。这不是不真诚。当那个人在那一刻说这个话的时候，他们是真心实意的。但随着时间的推移，人们没有足够的时间去做每个人需要做或想要做的事情。所以时间过去了，没有打电话。许多美国人工作很多，常常把有限的时间排得满满的。所以他们没有时间像他们希望的那样放松自己和朋友会面。

附 注

- 美国人常常微笑。
- 美国人很友好，有时会和陌生人交谈。
- 美国人有时会与陌生人分享个人的经历。

2. 问好

亲爱的老师：

我花了很长时间才弄明白，美国人说："你好吗（How are you）？"其实他们并不真的在意回答。这似乎特别不真诚。人们也常说："最近怎么样啊（What's up）？""过得好吗（How you doing）？""在忙什么呢（what's happening）？"还有，"最近可好啊（How is it going）？"这些问题似乎就像他们在说："嗨（Hi）。"当我刚到这里的时候，我还以为人们真的关心我的生活感受和状态呢。有几次我很尴尬，当我想告诉他们，我生活中发生了什么的时候，他们已经走开了！美国人真的那么虚情假意吗？如果我真想知道某人过得怎么样，我该怎么说呢？

拉尔夫

亲爱的拉尔夫：

美国人的标准问候语所表达的往往并不是字面意思，这的确有些不可思议。我想这只是传统习惯吧。"你好吗？"真正的意思是："我看见你了，和你打个招呼。"这就像一只狗朝另一只狗摇着尾巴，然后又走开了。即使对你每天都看见的人，不说"你好吗？"通常也有点不礼貌。人们彼此经常会有这样的对话。这只是一种简单的问候方式，完全不是要问你有关健康的问题。问别人感觉如何不是真正的目的，重要的它不是一个问题，而是当你看见别人的时候，你要立刻用微笑和一些话来问候他们。通常人们会用“你好吗？”开始交谈。如果有时间的话，再深入细致地交流。如果你确实想知道别人过得怎么样，你可以在第一句问候之后，问第二个问题。

“嗨，你好吗（ Hi, how are you）?”

“很好，你呢（Good, how about you）?”

“我还行，你最近在做什么（I’m all right, So what have you been up to）？”或是“你一切都好吗（Is everything going well with you）？”

见面问好之后，又被问到第二个问题，很明显这不只是一般的问候了，而是对话的开始。

附注

● 问“你好吗？”仅仅是寒暄，并不是问你的健康状态。

3. 餐馆用餐

老师：

我第一次在一家美国餐馆就餐，实在是太混乱了！我刚坐下，一个人便把冰水、面包和黄油放到了桌上。我并没有点这些东西呀，所以我立刻把它们送了回去。当他解释说，水和面包不收钱时，我感到非常尴尬！接着一个女服务员微笑着走过来非常友好地说："嗨！我叫苏西，今晚我为你服务（*Hi, my name is Susie and I will be your server tonight*）。" 老师，在我们国家，服务员从来没有这样做过。然后她问我是要汤，还是沙拉，我简直要疯掉了。太多选择了！有4种汤。当我决定要沙拉时，她又问我要什么调料，有6种不同的口味。她问我，我要的牛排希望怎样做，"是全熟（*well*）、五分熟（*medium*），还是一分熟（*rare*）"。我根本不明白。她还问我，是要烤土豆、煮土豆，还是炸土豆，或者土豆泥还是米饭。我被这些选择弄得筋疲力尽，非常紧张，像是经历了一场考试！老师，这正常吗？

乔伊

亲爱的乔伊：

读你的信，对我来说好极了！因为我以前从来没想过这些事情。是的，你的经历是正常的，希望下次你能对文化上的差异在心理上有所准备，于是就可以尽情地享受你的美食了。服务员的大部分收入是从小费中获取的，因此他们会尽量表现得非常友好和乐于助人。因为美国是一个选择的国度，所以，苏西让你选择汤或者调料的种类。对于顾客来说，询问服务员有关食物配料的细节和他们对食物的评价也是常见的。美国人通常会问服务员："你有什么推荐（what would you recommend）？”或者“今晚有什么特别的菜品（Is there anything special tonight）？”或者“这个菜的食材是什么（What is in that）？”

如果食物有什么问题，你可以把它送回去。你不用为此埋单。留下账单总数15%—20%的小费是礼貌的（除非是一大群人就餐，否则餐馆不会把小费包括在账单里的）。如果服务不好，有些人就不会留下足额的小费。而且一定要告诉经理有关服务的瑕疵。在餐厅点肉时，服务员都会问："你喜欢这肉怎么做（How do you like the meat cooked）？""全熟"是指肉要煎烤很长时间，里面看似褐色了；"五分熟"是肉里面还有一点粉红色；而"一分熟"的意思是它不需要煎烤得很重，外面褐色，里面还是红色的。

老师：

我在教会认识了一个美国人，她邀请我在餐厅与她共进午餐。她看上去像是一个非常和蔼、有教养的女人，但是她的用餐礼仪太糟糕了！当她的食物上来的时候，她只是坐在那里和我说话，直到我的食物来了才开始吃。然后，她右手拿着叉子，左手放在桌子下面！我母亲总是告诉我，吃饭的时候，双手一定要放在桌子上面。我知道看她怎样吃东西是不礼貌的，但我还是一直盯着看。她先是用右手拿着叉子，然后，当切食物时叉子换到左手上，右手拿刀。食物切好后，把刀放在盘子上，叉子又交回右手，左手再次放在桌子下面，然后开始吃东西。她的这些动作使我头晕眼花（感觉房间在旋转）。还有，当我们吃饭的时候，她一直在说话。她会问我一个问题，然后把食物放进她的嘴里。这在我们国家是非常不合礼节的。我们是先吃，吃完了才会交谈。她还让服务员把她没有吃完的食物放进一个“打包袋（*doggie bag*）”里带回家。我感到很难为情。在我们国家，我们从来不会这样做，因为这样会显得你很穷。她这样是否符合礼仪呢？

肖莎娜

亲爱的肖莎娜：

谢谢你的细致观察。是的，按照美国的标准，你新结识的这位美国朋友听起来是非常有教养的。我妈妈也总是教我用一只手吃饭，当不切食物的时候，另一只手应该放在桌子下面。我想美国人是唯一用这样方式吃饭的人吧！美国人总是换手使用刀叉，这似乎有些奇怪，可要是母亲教给我们的，那应该是不会错的！你先于桌上的其他人开始吃东西是不礼貌的，这就是为什么她要等你的食物上来后她才吃。她可能在等着你告诉她，“请先吃吧，不然一会儿就凉了（Please start eating before me or it will get cold）”。然后她就可以吃了。把剩下的食物打包带回家是很平常的事。如果味道好，我们不想浪费它，之后我们会把它当作“剩菜（leftovers）”来吃。我们把打包袋叫作“装狗食的袋子（doggie bag）”，是因为我们过去常常假装是为了拿回去给狗吃。现在我们则会得意地说，食物太好吃了，我们想晚些时候把它吃完。

美国人经常在早餐、午餐或晚餐时与人会面，因为我们工作很忙，而吃饭时间往往是我们交流的最佳时机。所以我们问一个问题，然后把食物放进嘴里，边嚼边听。边吃边谈是合乎礼节的，而且也正是聚餐的目的。但是，嘴巴里有食物的时候就不要说话了。

亲爱的老师：

我真不敢相信我的美国朋友有多不讲究。他说，他想和我一起吃晚饭。后来账单来了，他看我不拿钱显得很惊讶。接着他告诉我应该平摊多少钱！在我们国家，男人总是为女人埋单的，并且他比我大。要是我知道我得付钱的话，我就不会点牛排或是第二杯酒了。我真不敢相信他是那么不懂礼节，我告诉他，我不想再见到他了。

奥费利娅

亲爱的奥费利娅：

很高兴你告诉我这件事儿。美国人通常认为每个人都会为自己埋单的，即使是一个约会（我不清楚，你这次算不算约会）。不要忘记，在美国，人们是非常重视平等的。“让我们见面吃个饭吧（Let's meet for dinner）。”“让我们一起共进晚餐吧（Let's have dinner together）。”或者是“咱们一起吃吧（Please join me）。”说这样的话，并不一定意味着他会支付所有费用。通常一个人想要请你吃饭会这样说：“我请客（It's my treat）。”或“我带你去吃晚饭（I'm taking you to dinner）。”如果某一个人“请（treats）”你，那意味着他（她）计划支付所有的费用。在美国，请别人吃饭通常是为了庆祝生日或者是为了答谢某人。谁付钱，不取决于性别或年龄。在美国我们都是平等的。

在美国有一个普遍的观念，那就是账单费用将被均摊或对半支付，这叫作 AA 制 (going Dutch)。美国人在饭前通常是不会提及的，因为人们一般都清楚这一点。

如果有人主动请你吃饭，如何点餐须加注意。礼貌的做法是 —— 你可以问其他人在点什么，然后点一些价格相同或更加便宜一点的东西。如果点菜单上最贵的东西，是非常失礼的，因为不是你付钱。如果有人最后提出要付钱，那就礼貌地争一下："不，不，让我来付 (No , no , let me get it)。"，或者问这个人："你确定吗 (Are you sure)？"还有一个折中的办法是，问问你是否可以支付小费，或买点儿甜点、咖啡，或者在下一个地方买一些饮料。也可以简单地说"谢谢"！只要你表现得不像是 —— 这正是你所期待的就可以了。

附 注

●在大多数州，餐馆和酒吧都是不允许在里面吸烟的。所以点烟之前，一定要问清楚。

●当你在餐馆里坐下时，通常会有冰水端上来。不过，由于担心浪费水资源，这种情况可能会开始改变。

●面包通常放在桌子上，而且一般是免费的。

●服务员应该是非常友好和乐于助人的，经常会告诉你他们的名字。

●服务不错时，小费应该是账单金额的15%—20%。

●点餐时会有很多不同的选择，如汤、沙拉酱、土豆、蔬菜，以及肉的烹饪方式等。

●沙拉在主菜前吃。

●咖啡通常在餐后提供。

●通常服务员会问你是否要把没有吃完的食物打包带回去。如果他们没有问你，你也可以要求他们给你打包。

●如果食物不好吃，就把它退回去，但前提是你还没有吃太多。

●如果食物和服务有任何问

题，请礼貌地告诉经理。

●有礼貌的美国人用一只手吃饭，另一只手放在桌子下面的大腿上。

●通常，当朋友在餐厅会面就餐时，他们每一个人都会付各自的账单或者平均支付账单费用——这叫AA制。

●当你想让服务员把账单拿来时，用一只手做一个写字的姿势，就好像你拿着一支笔，伸出另一只手当纸一样。如果你只是想让那个服务员过来，试着用眼神进行交流，当他（她）往你这边看的时候，举起你的手。

●如果你不知道如何点餐、点什么，如何给小费时，那就问问服务员。

提 示

●如果你在一家高档餐厅，服务员问你要不要水，你一定要说自来水（tap water）（来自厨房水龙头里的城市用水）。如果你不这样说，你可能会得到瓶装水，价格大约是每瓶5—7美元。全美国的城市用水都是健康的，可以直接饮用。

再附注：其他服务的小费

●如果餐厅环境优雅，服务也不错，请留下账单15%—20%的小费。

●出租车司机的小费，通常是账单的15%。如果司机能很快把你送到目的地，你也可以给20%的小费；如果途中不顺，给10%就可以；如果司机粗鲁，或者驾驶技术糟糕，不要留下小费。这种情况一定要记下司机的名字，联系出租车公司（但一定要先把你的箱子从出租车的后备厢里拿出来）。

●如果你住在一家星级酒店，有人帮你把行李拿到你的房间，小费通常是每个包1—2美元。这也适用于机场、火车站的行李服务员。

●如果在餐厅你需要寄存外套，这是没有费用的，但每件上衣给1美元的小费是礼貌的。

●对于理发师（barbers）、发型师（hair stylists）、按摩师（masseuses）或美甲师（manicurists），小费应该是账单的15%。

●代客停车（valet parking），小费通常比停车费多1美元。

●节日里，美国人通常会准备一张5—20美元的礼品卡，给他们的邮递员、园丁、宠物保姆、房屋保洁工，或是给他们提供全年服务的人。

4. 家中做客

亲爱的老师：

我特别困惑，我的一个美国同学和我说过好几次，我们应该找个时间聚一聚。她说如果我什么时候恰巧在她家附近（她住在校园附近），我可以顺便去看看她。昨天我在学校，距离下一节课还有两个小时，所以我决定去看看她。我以为我们可以一起吃个午饭，所以我还带了一些三明治。

当我到她家时，她似乎不太高兴见到我。已经是中午12点了，她还穿着睡衣。开始她好像根本不想让我进屋，但后来还是让我进去了。我和她说我们可以一起吃个午饭，她似乎很困惑。她问我，我们有一起吃饭的计划吗？我告诉她，她曾经对我说，我可以顺路来看她的。她说，她真的很抱歉，她没有时间吃午饭，因为她需要洗个澡准备上学去。我认为她十分无礼，而且我想她一定是生我的气了。为什么她说的和心里想的不一样呢？

塞尔玛

亲爱的塞尔玛：

我想你没有明白她真正的意思。美国人似乎不真诚，因为他们经常会这样说：“让我们找时间聚聚吧（Let's get together sometime）。”或者“如果你什么时候恰巧在我家附近，顺便来看看我呀（If you're ever in my neighborhood，you should stop by）。”而从没做过具体的安排。这可能会令人十分困惑。但人们说这些话时，确实表达了那一刻他们确有这样的想法。美国人觉得需要友好地进行社交，但实际上他们很少有时间这么做。当你的同学说你可以顺路过来时，她可能是说，你应该事先约定一下。或者如果你恰好在附近，你可以先打电话看看是否方便过来。如果不方便，可以另约时间。多数美国人不喜欢不速之客，如果有客人，他们希望提前知道以便能做一些准备。她可能很尴尬，因为中午了，你看见她还穿着睡衣。所以当看见你在她家门口时，她感到很意外。如果你想继续保持这份友谊，就告诉她，很抱歉，你误会了，你很想什么时候和她一起吃个午饭。建议几个可能的会面日期，让她选择最合适她的时间。

附 注

如果有客人来访，这里有一些建议——

- 关掉电视，确保音乐声别太吵。美国人邀请人们到家里做客是为了交流和加深彼此的了解。
- 为了让客人感到舒适，给他们提供一些饮料。通常，美国人会带客人参观一下房子。

如果你到别人家做客，这里也有一些建议——

- 绝不要顺路来访（不打电话就去家里）。如果你在附近，可以先打个电话。
- 准时来访。来得太早或太晚，美国人都会感到不安。

5. 美国人的聚会

老师：

上周六晚上，我参加了一个美国人的聚会，感觉特别的奇怪。几周前，我收到了一个同事的邮件邀请。不是为了生日，也不是为了周年纪念，上面只是说，“请晚上6点半来参加晚餐聚会吧（Please come to a dinner party at 6:30）”。

我赶到那里时，他开门的一瞬间似乎有点惊讶和不悦。他看了看表，然后又看了看我和我妹妹、妹夫还有我的小外甥。当我们进去的时候，每个人都在吃着甜点，坐着聊天。真是很无聊。既没有音乐，也不跳舞，只是聊天，也没有什么晚餐。大家很早就离开了，估计也就10点左右吧。因为饿了，我们也走了。

他在工作中不再像以前那么友好了，我想我可能做错了什么，但我又不知道是什么。你能告诉我吗？

维克多

维克多:

是的，我认为你确实做错了很多事情。首先，邀请函上是否写着“敬请回复(RSVP)”，并附有他的电话号码？那封邀请信是需要回复的，你必须打电话（或在工作时）告诉他，你是否能来。不回复邀请是非常不礼貌的。如果你没有回复，那他可能就以为你不来了。

其次，就像在美国的求职面试和约会等许多事情一样，准时到场是非常重要的。如果是晚宴或者惊喜派对，就更为重要了。邀请函上写的是6点半，你就应该6点半到，不应该早到，也不应该晚来。如果邀请函上写着“家庭招待会(Open house)：下午2点到下午6点”，或者“鸡尾酒会(Cocktail party)：晚上8点到午夜”，那是指在这段时间内，你任何时候来都可以。你没有告诉我，你是什么时候到的，但一定是晚上8点半左右了，因为大家已经吃完晚饭开始吃甜点了。如果你的同事认为你会来，他在上菜前会等你半个小时。通常客人来晚了，主人会等一会儿上菜，要不然食物会变凉或煮过头。如果你朋友认为你不会来，而你却在8点半出现了，他可能就会感到为难和不悦。因为他可能没有足够的食物了，当然也没有一个特定的地方让你坐下。

你说你和你妹妹、妹夫、小外甥一起到那儿的，他们也受到邀请了吗？如果事先没有征得主人的允许，带没有受到邀请的朋友和家人，去参加任何形式的聚会都是非常不礼貌的。因为他们邀请的只是列出了姓名的那个人，除非标有随行客人—— 那就是说你可以带一个人来。你的外甥多大？美国人是不带孩子参加任何聚会的，除非是孩子的生日或家庭活动。

主人为你们提供甜点而不是晚餐，那是因为晚餐已经结束了。我很高兴你们和其他客人一起离开了。美国的聚会不会持续整晚，而客人逗留时间比聚会结束的时间晚也是不礼貌的。

我很遗憾你感到无聊，可大多数美国聚会的主要目的是结识新朋友，所以你必须能够交流。你需要先寒暄一下，聊聊新闻、天气或体育。这有助于你发现与他们是否有共同的话题。因为大家在一起需要交流、谈话，所以在典型的美国聚会上很少有吵闹的音乐和舞蹈。你是幸运的，能坐下来。在鸡尾酒会和家庭招待会上，主人常常故意让椅子比人少。如果你坐下来，你就不能四处走动去结识新朋友了。

你没有告诉我，你给他带了什么东西。当你被邀请参加美国人的聚会时，你并不是一定要带什么东西的。但拿些鲜花、一瓶酒或是一些糖果给主人是非常礼貌的。 因为这只是简单表达“谢谢你邀请我（thank you for inviting me）”的一种方式，礼物花费不要超过10美元，否则主人会感到不安。

所以，维克多，如果这些描述符合所发生的事实，去找你的同事道个歉。告诉他实际情况 —— 在你们的文化中，你迟到，带朋友、家人和孩子一起来是情理之中的事儿。你不知道美国文化和你们的文化是如此的不同，但现在知道了。问问他，你可不可以请他吃个午饭。

附 注

●美国人聚会的原因多种多样。

●大多数美国人的聚会都不是为了庆祝生日或周年纪念。其实有些聚会，除了朋友相聚、结识新朋友外，根本没有任何特别的原因。

●大多数聚会，主人会通过电话、电子邮件或书面形式邀请你参加。

●如果你收到书面邀请，是需要回复的，你必须打电话（或写信）说明你是否能来，而且不应该改变主意。

●鸡尾酒会或家庭招待会，是在某些特定的时间开始和结束的。邀请函上写着“下午2点到下午6点”或“晚上8点到午夜”，你在这段时间内可以随时来访。

●鸡尾酒会或家庭招待会，不会有晚餐。但会有一些“手拿食品（finger food）”（没有盘子和叉子，只是用手和餐巾纸），如奶酪和薄脆饼干、薯片、生蔬菜以及调味汁等，可能还会有葡萄酒、啤酒和瓶装水。

●还有一种形式的聚会叫百乐餐（potluck）。你需要带一份食物或一道菜过来与大家分享。主人通常会告诉你应该带什么。

●因为需要实际对话交流，所以在典型的美国人的聚会上，很少有嘈杂的音乐或舞蹈。椅子总是很少。如果你坐下来，你就不能四处走动去结识新朋友了，而且很可能你会和一个你不感兴趣的人无奈地坐在一起。

●当你去参加美国人的聚会时，带一些鲜花、一瓶酒或是一些糖果给主人是适宜的。因为这是你对受到邀请表达感谢的一种简单方式。礼物花费超过10美元，可能会让主人感到不安。

提 示

●大多数的美国聚会，孩子和家庭其他成员肯定是不包括在内的。未经主人的允许，你不可以带任何未被邀请的朋友、孩子或家人。美国人常雇用临时保姆（babysitters）来家里照顾孩子，这样他们就可以出去聚会、看电影等。

●不回复邀请函是非常不礼貌的。

●如果邀请函写着聚会时间是晚上7点，那你就应该7点到。不要早到，也不要晚到。

●一定不要在聚会结束后继续逗留。在其他人起身告辞时，你也应该随之离去。最后一个离开聚会场所是不得体的。

6. 穿着

亲爱的老师：

我常对自己的穿着感觉无所适从。上周日，我的美国朋友邀请我去烧烤。那天风和日丽，我穿了一件漂亮的夏裙和高跟鞋。到那儿后我才意识到，我打扮得太过分了。尽管有些女士说我的裙子非常漂亮，但我还是觉得很尴尬，因为其他女性都穿着牛仔裤、短裤和T恤。我的鞋跟儿陷进草地里弄脏了，走起路来也很费劲。接下来的周末，我的美国朋友邀请我参加周六晚上的聚会。一周前的那个错误还让我记忆犹新，所以我穿了条牛仔裤和T恤衫就去了。哎呀，老师，想象一下我该是怎样的一种感受 —— 晚会上所有的女孩都穿着漂亮的裙子和高跟鞋！我觉得十分不自在。我还见到了上次一起烧烤的几个人，他们一定认为我疯了！

昨天，因为是夏天，我就穿了身新裙子上班了。我不知道出了什么问题，但我觉得我的穿着好像不太适合工作场合，因为男士很诡异地看着我，而女士根本无视我。我猜可能是我的裙子有点短、领口有点低。但在我们国家，我一直都穿着同样风格的衣服上班呀。后来，我注意到美国女性上班时是不穿高跟鞋的。有几个人问过我，怎么能整天穿着高跟鞋走路呢。我很惊讶，她们竟然穿着那么难看的鞋，但我希望他们能喜欢我。老师，我究竟应该怎么穿着呢？

玛莉亚

亲爱的玛莉亚：

美国人也会有这种情况。多数时候你应该穿自己觉得舒服的衣服，但一定要问问你的美国朋友，其他人会穿什么样的衣服来参加活动。一般来说，白天的活动比晚上的活动更随意些。还要考虑它是什么样的聚会，在哪儿举行。如果是户外聚会，人们通常穿得更舒适；如果是在室内还是晚上，人们可能会穿得更正式一点。正如你所注意到的那样，美国人的穿着通常比其他国家的人更随便。不管怎样，美国人常常欣赏穿着讲究得体的人。当你去烧烤的时候，那些说你看起来很漂亮的女士，可能她们也希望穿得更好。你唯一不对的，是在草地上穿了高跟鞋。所以，如果你想穿得漂亮，自己又觉得舒服，那你尽管穿就是了。

但穿什么去上班就不一样了。你的工作可能会有特定的着装要求，和同事确认一下。如果没有着装规定，也不要穿参加聚会时的衣服，更不要选择令人分心的穿着打扮，那会在职场上招惹麻烦的。主要是上班时，看看你的同事都穿什么，并尽量穿着和他们相似。但这并不意味着你一定要穿很“难看（ugly）”的鞋，你可以穿一些你认为好看的，但鞋跟不要太高。

亲爱的老师：

我要特别感谢你昨天所做的一切。当你带我去教室外解释我T恤上写的是什么时，我以为我会死掉了！你建议我去洗手间把它翻过来穿，实在是太贴心了。可我还是觉得很难堪！我就想把它扔掉，但我不能。你知道吗，老师，这是我妈妈从旧金山回来时，把它当作礼物送给我的！我永远也不能告诉她衣服上的英语是什么意思。非常感谢你善意的提醒。

安妮

亲爱的安妮：

告诉你T恤上的字是什么意思，对我来说也不是很容易。但是，如果我不告诉你，你还会继续穿着它，或许会有陌生人告诉你。无论你穿任何带有英语字在上面的衣服，一定要和我或者其他说母语的人确认一下，同时也告诫你所有的朋友！

亲爱的老师：

我想告诉你昨天的实际情况。我离开教室是因为你让我摘下帽子，可我头发实在是太乱了。我感到十分难堪和气恼。很多人都戴帽子，为什么你不允许在课堂上戴呢？

艾迪

亲爱的艾迪：

谢谢你的便条。我知道你离开教室的时候很难过，我也很高兴你告诉了我你的感受。你知道我不允许任何人在课堂上戴帽子，对女生也一视同仁。在过去的 20 多年里，美国人的时尚就是男女都带棒球帽。最初的流行趋势是帽沿朝前，后来变成了帽沿朝后。如今，好像流行帽沿向侧边或者又朝前面了。无论如何，在通常的美国文化中，在室内（办公室、学校、餐厅等）戴着帽子仍然被认为是不礼貌的（除了宗教的原因）。我想教会我的学生，在日常生活中，什么是得体的，什么是礼貌的。当然，这里是一个自由的国度，在我的课堂之外，你可以决定你想要做的事情。最近，银行、大型办公楼、机场等注重安全性的地方，似乎越来越普遍地要求人们在进入之前，摘下帽子和太阳镜。另外，当为你的公交卡、驾照、护照等拍照时，他们会要求你摘下帽子。

附 注

● 如果你担心聚会时的穿着，最好的办法是在回复主人邀请的时候，询问一下你应该穿什么。他们可能会说，随意（casual），或者盛装（dressy），或者晚礼服（black tie）（类似在婚礼上穿的那种）。如果你不确定，描述一下你打算穿什么，然后问是否合适。

●游泳聚会或沙滩聚会，你应该穿泳装。一定要带上一些用于遮盖的物品，以防阳光太强或者风太大，或是以备在用餐时使用。男士可以穿衬衫；女士可以穿浴衣、罩衫或莎笼（一条可以缠裹在身上的长条形布料）。

●野餐时穿短裤或牛仔裤都可以，这取决于天气。

●非正式的家庭聚会，穿舒适的衣服。女性可以佩戴一些首饰，化点儿淡妆。

●在较为正式的聚会或活动中，男士应穿西装打领带，穿白色或蓝色的衬衫；女士应该穿漂亮的裙子或长裤西服套装。

●正式的晚宴（Black tie parties）并不太常见，一般正规的婚礼会采用这种形式。黑领结（Black tie）指的是男士应该穿燕尾服（tuxedo）（通常是租来的）或西装，女士应该穿华贵的晚礼服（fancy dress）。

7. 禁忌话题

亲爱的老师：

我哥哥和一个美国女人结婚了，我被邀请去他们的新家参加一个小型聚会。我积极热情地对那儿的人表示友好，可他们对我比较冷淡。我知道我做错了一些事，但又不知道究竟错在哪里。有个女士非常漂亮，于是我问她多大了。她只是瞪着我说了句“挺大了（Old enough）”，然后就走开了。我走到酒桌前，和一个男士打招呼。他问我做了什么，我告诉他，我不知怎么那位女士就走开了。他用怪异的眼神看着我。我注意到他戴着一块非常漂亮的劳力士手表，我搭讪着问他这表多少钱。他说，“价格还可以吧（Just enough）”，然后也走开了。我当时感觉很差，于是我又朝一对老夫妇走去，试着和他们交谈起来。我和他们说起我们国家和我去的那个教会的所有事儿。然后我问他们去哪一家教会，他们似乎有些不悦，没有回答我的问题，而是问我是否喜欢开胃品的味道。这一切非常莫名其妙，让我感觉十分不自在。我做错了什么？

艾布纳

亲爱的艾布纳：

哎哟！你犯了几个社交上的错误！在美国，直接询问别人的年龄、宗教信仰，或者问任何有关钱的事情，比如他们的东西值多少钱等，都是不礼貌的。有时候即使亲密的朋友也不会在公共场合谈论这些话题。

至于那对老夫妇，除了询问他们的宗教信仰，侵犯了他们的隐私外，你可能谈论了太多关于你自己的事情了。当有教养的美国人遇到陌生人时，他们是轮流说话的。这特别像打网球或乒乓球。你应该问他们一个问题（你打过去个球），然后聆听回答。如果这对夫妇想继续和你交谈，他们会问你一个问题（他们把球打回来），然后听你的回答。你应该努力使对话继续进行（继续打球），一来一往。当一个人不停地说话时（控球），那是他（或她）真的不想“玩”这个对话游戏了。

艾布纳，你可以用一个稳妥的问题开始交谈，比如说说天气，谈谈运动，我们称之为闲聊（small talk）。在闲聊之后，美国人通常会问：“你是做什么工作的（what do you do ）？”那个戴劳力士手表的人问你的就是这个问题。他实际上是在询问你有什么样的工作，而不是“你做了什么让那个女人这么生气（What did you do to make the woman so angry ）？”因为大多数美国人都会选择一种他们感兴趣的工作，如果他知道你是做什么工作的，他就会知道一些你的个性特点，这样就容易找到你们共同的话题。

我很遗憾你有这么尴尬的聚会，但是下次会好一些。顺便问一下，他们有什么开胃品？

亲爱的老师：

今天，当你说美国人真的对谈论年龄、宗教、收入和体重这些话题感到不舒服时，我意识到上周我在单位做错了什么。我有一个美国同事，我很喜欢她（普通朋友而已）。我们在一起总是有说有笑。上周我看到她，说："嗨，Gorditay。" 她懂一点西班牙语，听出了我在叫她"小胖子（fatty）"。她非常生气，说我讨厌、粗鲁。从那以后她就不和我说话了。老师，在我们国家，我们经常是用那个词称呼朋友的，但现在我知道那样说会让她感觉很不好，因为她有点胖。我能做什么呢？我想道歉，但我不想让事情变得更糟。鲜花会有帮助吗？

埃尔默

亲爱的埃尔默：

你称呼她"小胖子"确实伤害了她的感情，因为这个词在英文中是个贬义词。美国人对自己的体重非常敏感，觉得这是个人隐私。我建议你实话实说，告诉她你对此深感歉意，但这个词在西班牙语中是一个表达友好的昵称。如果直接和她说这些会让你感到不好意思的话，你可以给她写张便条。送花是一个好主意，但别太大，也别太贵，也可以是一株可爱的小盆栽。不用花费超过 8 美元，祝你好运！

附 注

●当你遇到美国人时，一定要看着他们的眼睛，并微笑。

●多数美国人在会议上握手。

●在谈话开始时先闲聊一会儿。

● 几个问题之后，想必就会谈到，“你是做什么的？”这时也许就会找到你们的共同话题。

提 示

●千万不要问美国人的宗教信仰。

●千万不要问美国人的年龄。

●千万不要问美国人的体重或裙子、西装、鞋的尺码。

●不要问美国人有关金钱的任何事情——挣多少钱，汽车、房子或衣服花多少钱。如果你真想要知道的话，这样问：“它很贵吗（Was it expensive）？”这样他们可以选择只说“是”或“不是”，或者告诉你细节。

●不要对人们的宗教信仰、传统、种族，说任何否定的话。

●不要说任何性别歧视的话，也就是任何暗示男女不平等的话，也不要发表任何反对同性恋的评论。

●美国人说他们不想谈论政治，但有时候他们也会谈。最好是先听听对方的观点，并且看看他们的态度有多坚决，然后再让他们知道你的想法。有些美国人对政治分歧的表达比其他人更直率。

第四章　各种关系

1. 约会

2. 婚姻和姻亲

3. 子女、父母和宠物

4. 老年人

5. 同性恋

6. 家庭暴力

1. 约会

亲爱的老师：

我正在和一个美国女士约会，可我有点搞不懂她。我们已经约会3次了。前两次她允许我付账单。但上次，她坚持要付晚餐的费用！在我们国家，这是男人的事儿。她付账单时，我感觉特别不好。还有，我们在一起的时候，她和我谈起了她的几个男性朋友，那有点太过分、太不礼貌了吧！我才应该是她生命中唯一的男人。我不知道我们是不是应该继续交往，或者她是否对我真的感兴趣？

劳尔

亲爱的劳尔：

约会或许有些复杂。重要的是你要知道，在美国，人们都希望平等相待。尤其是现在，大多数美国女性都有自己的工作和收入。总是让男士埋单，很多美国女士会感到不自在。你已经为她支付过两次账单了，现在她想向你表明——她并不是在利用你，她想让这份关系变得平等。特别是在男士已经支付了几次账单后，女士请客也是很正常的。如果女士不支付晚餐的账单，她通常会支付一些其他费用，如甜点、咖啡或饮料，以此来表明她并不期望所有的费用都由男士支付，人们认为这样才是合乎情理的。因为让一个人支付所有的费用会造成一种不平衡，反而会让美国人感到不平等和不舒服。

在美国，男女之间可以有良好的、亲密的、无性的友谊，甚至有时会成为室友，这常常让许多外国人感到惊讶。拥有异性朋友或是合作伙伴，未必就意味着有任何性兴趣。你约会的那个女士和你谈论她的男性朋友，也不是故意让你不愉快，她可能是想和你分享她生活的一部分。我无法告诉你，你们之间是否应该继续交往。但无论如何，不要太嫉妒，或对美国女人有很强的占有欲，这对你来说是很重要的。多数美国女性都想在男友（或丈夫）的生活之外拥有自己独立的生活内容，如果你认为你应该是她生命中唯一男人的话，那可能就是你有问题了。不管怎样，如果你真的喜欢她，愿意接受她，敞开心扉接受她的美国文化，你们之间也许就会成功。

亲爱的老师：

我注册了一个网上约会服务。起初，我只是想更多地知道人们在网上做些什么。我以为可以学到有关美国文化的某些新鲜事。我选择了3个月的服务计划。我一直公开着我的信息，同时也浏览了大量他们带有个人信息和照片的简历。有些男士的简历写得非常有吸引力，一些人的照片和言语则过于露骨。有些人一直通过电子邮件联系我，我也在做同样的事情。开始很有趣，但后来感觉他们不是很真诚。我以前还没有和任何人约会过呢，你认为我能相信他们说的话吗？

法蒂玛

亲爱的法蒂玛：

千万要当心！你是绝对正确的，有些人似乎像他们在线描述的那么好，有些人可能会让你感到害怕。请小心点！因为你还不知道在美国文化中正常的状态是什么样。如果找到了让你感兴趣的人，你可以安排与他见面，但只能在公共场所，如星巴克。同样的道理也适用于你在公共汽车或聚会上遇到的看似不错的人。千万不要坐陌生人的车，也不要邀请陌生人到你家做客。

你可以把你的名字告诉一个陌生人，包括你的电话号码和电子邮箱，但绝不要告诉他你的家庭住址。与其他国家不同，在美国，“正派的”女孩有时也会与陌生人微笑着交谈。你在公共场所和一个人见过几次之后，就应该能够判断是否可以信任他了。但是要慢慢来，正如之前我所说的，要小心。祝你好运！

附注

●美国女性有男性朋友是正常的（反之亦然）。

●美国男女合租一套公寓，而没有性关系并不少见。

●多数美国女性不喜欢占有欲或嫉妒心太强的男人。

●多数美国女性对男人总是支付所有费用感到不舒服。

●在美国，有几百个约会服务机构。它们的利润总额高达数百万美元。

●约会时慢慢地了解对方。注意，第一次约会时不要只谈论自己。

提示

●很多人在约会网站上的个人简历并不真实。他们经常谎报自己的年龄、工作以及是否单身。在网上和别人交流没有坏处，这是一种很好地与人沟通的方式，只是要小心而已。

●在公共场所与你新结识的朋友见过多次之后，才可以坐他的车或者把你家的地址给他。不管是对男人还是女人都该如此 —— 陌生人就是陌生人。

2. 婚姻和姻亲

亲爱的老师：

我很不好意思告诉你，昨天我的美国同事发现我哭了。我向她说明了原委——和我们住在一起的婆婆，对我一直不太好，而且越来越糟。她总是让我做这做那，然后又总说我做得一无是处。我的同事看起来很惊讶，她说她绝不会允许她的婆婆告诉她该做什么，也不会让她的婆婆和她住在一起。她问我丈夫什么态度，我告诉她我丈夫偏袒我婆婆，他说因为那是他妈妈。我的同事说，在美国，丈夫首先要忠诚于他的妻子，其次是孩子，而不是他的母亲。她说，她婆婆非常和蔼可亲。谈到这儿她笑着说，美国婆婆（或岳母）们都知道，如果他们对儿媳（或者女婿）不友好，他们将不会受到邀请去看望他们的子女，以及他们的孙子、孙女。所以，他们通常都非常亲切友好。我简直不敢相信，这是真的吗？

琼

亲爱的琼：

我很遗憾你和你的婆婆相处得不是那么融洽。是的，你同事的说法是对的。在美国的多数家庭中，夫妻双方首先要互相尊重、体贴，彼此忠诚。如果夫妻一方的某个家庭成员，尤其是婆婆或岳母，对自己子女的配偶不友好，或者挑毛病、找麻烦，那么他（她）的子女就会制止这种情况。多数家庭聚会也不会邀请这样的父母参加（通常节假日除外）。你看过电视情景喜剧《人人都爱雷蒙德》（*Everybody Loves Raymond*）吗？它如此受欢迎的原因之一，是演绎了雷蒙德和他的妻子（黛博拉）与住在街对面的母亲之间的关系。这部喜剧很大一部分内容展示了，在美国与公婆住得这么近是不正常的，公婆更是很少与儿子、儿媳住在一起。琼，我自己的婆婆总是对我特别友好，我认为她是很典型的美国婆婆。她对我很尊重，因为她知道，如果她对我不好，她就不会经常见到他的儿子以及孙子、孙女。试着和你的丈夫谈一谈，问问他能不能在这件事上给你更多的支持，他必须知道你有多不开心。

亲爱的老师：

你让我们通过阅读"咨询专栏（advice columns）"来了解美国文化。如果问"艾米"是真实的话，那么美国文化实在是糟透了。人们婚前同居并且有一半的人离婚；男人不受尊重，既要在厨房里帮助女人做家务，又要帮助照顾孩子。昨天，有封信是关于一个丈夫为了让做律师的妻子工作，他竟然辞去工作一年在家带孩子。所有这些都是真的吗？美国男人怎么会允许这种事情发生呢？

乔治

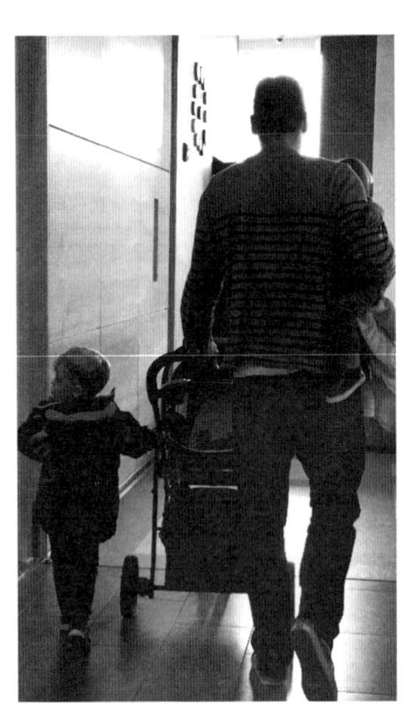

亲爱的乔治：

你在“咨询专栏”里看到的内容是典型的美国价值观，而且是真实的。美国人不认为丈夫在厨房帮忙或照顾孩子有什么不妥，而且是常有的事。别忘了，人们来到美国就是为了自由地选择自己的生活、追求自己的幸福。美国的法律规定——人人平等。美国人强烈主张男女平等，需要共同分担家务。的确，我们并不满意每两个婚姻中就有一个以离婚告终的事实。离婚对夫妻双方来说都是极其痛苦的，孩子更是无法接受。但我们认为不快乐地生活在一起，甚至在孩子面前吵架是更糟糕的选择。美国人还认为，已婚的伴侣必须彼此忠诚。如果我丈夫想要有一个女友，他可以那样做，但他必须先和我离婚（反之亦然）。在许多其他国家，一个男人可以有很多女友，但仍然会和一个非常不幸福并且满心积怨的妻子保持婚姻。而许多美国人却是直到认定了自己的终身伴侣后才结婚，因此有超过1000 万的美国人婚前同居。有些夫妇从没打算结婚，那是因为他们想保持独立。而在同性恋群体中，很多伴侣想结婚，但这在大多数州是违法的。

多数美国人都认为，一个好丈夫是会在厨房里帮助妻子的。这是夫妇俩在繁忙的工作结束后，共度美好时光的绝佳机会。同时也会因此加深夫妻间的沟通交流和平等相待的浪漫情感。特别是现在，许多妻子在外面有自己的事业，就更是如此了。如果夫妻都有工作，他们就都该分担家务。

在抚养孩子的问题上，也应该采取这种平等的责任分工。有时候，如果妻子能在工作中赚更多的钱，那么丈夫可能就会待在家里照顾孩子。

试着找一些美国男人，问问他们对这些事情的感受。我想你会深感意外的！

附 注

美国 2000 年人口普查统计数字显示——

- 美国每年有 220 万对夫妻结婚，平均每天 6000 人。
- 女性初婚的平均年龄是 25 岁，男性是 27 岁。
- 在 18 岁以上的美国人中，近 58% 的人已婚。
- 9200 万（42%）美国成年人未婚。别惊讶，这往往是出于自愿的。
- 5100 万个家庭，其中 44% 的户主是未婚男女。
- 3100 万（大约 27%）的美国人独居。
- 500 多万的未婚异性伴侣同居，超过了所有家庭的 4%。

3. 子女、父母和宠物

亲爱的老师：

我刚开始为一个美国家庭做管家，一家人很友好。他们有两个孩子，一个12岁的男孩和一个14岁的女孩。女主人告诉我，任何时候都不要打扫孩子们的房间。老师，他们的房间实在是太乱了！孩子们把衣服、东西扔得满地都是，家长还指望他们能自己铺床。女主人要求我做的唯一一件事，就是每周帮他们更换一次床单。孩子们看起来很可爱，但我从没有见过那样乱的房间。他们的爸爸妈妈倒是非常喜欢整洁，而且不允许孩子们把食物放在他们自己的房间。当孩子们调皮捣蛋的时候，父母并不打他们，而是拿走他们的手机或者不让他们玩电脑。所有这一切是正常的吗？

泽尼娅

亲爱的泽尼娅：

我能理解你的困惑，而美国父母是想教会他们的孩子如何收拾自己的房间。父母不会为他们做这件事儿，你的雇主也不希望你来做。美国人重视为自己的行为承担责任。父母试着教会他们的孩子，无论男孩还是女孩，从小就能管理他们自己的东西。许多父母要求孩子必须保持家里其他地方的整洁，但他们允许孩子决定如何安排他们自己的空间。这使孩子们获得了一种个人自由的感觉，对孩子们的隐私给予了尊重；同时也让他们知道如果东西因为扔在地上而损坏了，他们将不得不承担后果。让孩子们自己学会如何保持整洁，是教导他们独立和为自己行为负责的好方法。是的，泽尼娅，多数美国孩子都会因为“凌乱（messy）”的房间而让父母发疯，但这对孩子们来说，如何长大，成为有责任感的成年人，却是极其重要的一课。

至于惩罚，在许多州，无论是打孩子，还是打其他任何人，都是违法的，所以父母会拿走孩子看重的东西以作为惩罚。这是在教育孩子什么是责任。因此孩子们很早就认识到，不良的行为会导致不愉快的结果。如果他们做错了什么，他们就会失去他们喜欢的东西。这也是希望传递给孩子们这样一个信息——他们可以在不违反规则的情况下来掌控结果。许多美国人认为打孩子只能让他们害怕父母。想做什么或不想做什么，这应该是孩子们自己的决定。听起来你是在为一个普通的美国家庭服务！

亲爱的老师：

美国孩子和我们国家的孩子特别不一样。尽管他们经常带着泰迪熊、玩具娃娃和破旧的婴儿毯，但他们看起来像个小大人。在我们国家，孩子们被当作婴儿一样地对待，给他们很多糖果哄着。而在这里，我看到的孩子总能提出很多问题，他们的父母也会像跟大人说话一样和他们对话，给他们如实的回答。看起来孩子们总是在学习。老师，有时我会因为看到来自我们国家的父母对他们的孩子不加管束而感到难堪。比如，昨天在购物中心，我看到我们国家的一位孩子妈妈，任由她的孩子在鞋店里转圈跑，跳来蹦去地尖叫，售货员表示不满，她也视而不见。

亚历克斯

亲爱的亚历克斯：

事实上，在美国做一个好父母是很辛苦的一件事儿。我们帮助孩子们学会独立和自由地生活，教导他们自由意味着责任。他们必须通过亲身经历来了解这一点，而不是只听我们说说而已。我们鼓励他们问“为什么”，这有助于他们更好地了解这个世界。

许多美国父母在孩子很小的时候，就开始给他们很多选择。慢慢地孩子们就懂得了，如果他们作出错误的选择，他们将不得不承担后果。

美国人会以尊重的态度，像与成年人交流一样和他们的孩子沟通，尽量向他们解释所有的事情，以便他们能学会独立思考。我们努力教会他们独立和尊重隐私的价值观，并且按照他们希望别人对待他们的方式对待别人。如果孩子做错了事儿，我们惩罚他们的方式不是打骂，而是拿走他们珍视的东西。如果我的孩子不想做作业，那是她的选择，但她不能看电视。

一个孩子确实需要 18 年左右的时间，才能理解自由意味着责任。这段时间有助于他们变得强壮和聪明，足以作为负责任的成年人独立生活。

关于婴儿毯和玩具熊，你说得对。在孩子 5 岁之前，他们通常都会随身携带一条安全毯（用作解除恐惧和不安情绪的婴儿毯）或者毛绒玩具。直到他们上学的时候，不再需要它们了（也许他们上床睡觉的时候还在用）。

亲爱的老师：

你们国家太令人费解了。美国人对宠物的着迷程度令我震惊。他们对待宠物比对待人还要好！我看过为小狗（*doggie*）开的餐厅、旅馆、精品店，“问题狗”的精神医师、特殊食物，甚至专门为狗准备的蜡烛做的广告！对我来说，这太难以接受了。

另外，我的同事说起他的狗时，称它为“她”。我还以为他在说他的女儿呢！我学过我们应该用“它”来表示动物，但我认识的所有美国人都用“他”或“她”来谈论他们的宠物，感觉怪怪的。更让我不可思议的是，在街上有那么多无家可归的人，竟然在垃圾桶里寻找食物。在我们国家，狗和猫才在垃圾桶里找东西吃，而不是人！我原以为美国是一个很富裕的国家呢。为什么我看到有那么多可怜的无家可归的人，同时却又有那么多富贵的宠物呢？

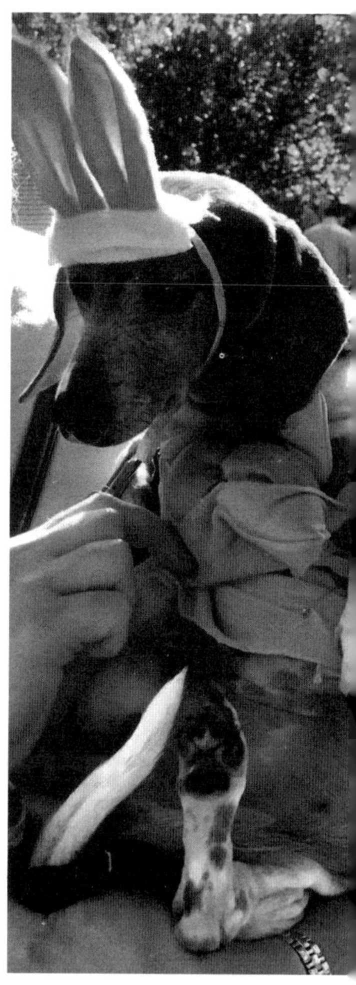

丹尼

亲爱的丹尼：

对于无家可归的人和宠物之间的悬殊差别，很多美国人与你的看法一致。很难解释为什么会有这么多人无家可归，更糟的是，为什么美国政府没有更多的方案来帮助他们。的确，美国人很爱他们的宠物，而且经常把它们当作家人一样对待。我想可能它们是美国人唯一可以完全放心表露自己感情的对象吧。在美国，有许多人独居，狗或猫通常是他们唯一的陪伴。事实上，67%的宠物主人和他们的宠物共用一张床。美国的宠物比人多，美国人每年在宠物身上的花费超过150亿美元，包括食物、玩具、遛狗师、医疗服务、宠物葬礼和宠物公墓。

因为美国的大多数狗都不是工作犬（working dogs）（农场犬、助残犬或警犬），美国人通常认为狗就像他们的孩子一样。

之所以“他”或“她”会被用来称呼和描述宠物，是因为它们几乎被视为人类。我同意你的看法，狗比人吃得好，是令人无法接受的。但在美国文化中，爱护和照顾宠物是很平常的事情。

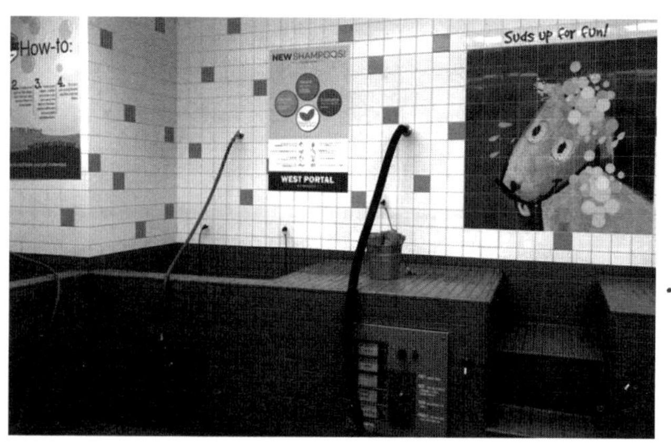

附 注

●美国父母像对待成年人一样和他们的孩子交谈，并且教育他们如何对自己的行为负责。

●美国父母鼓励他们的孩子提问，希望孩子常问“为什么”。

●对于美国孩子来说，房间凌乱是很正常的。

●美国小孩通常会携带安全毯（他们的婴儿毯）或毛绒玩具。

●美国人不打孩子，而是通过拿走他们喜欢的东西来惩戒他们，并向孩子说明为什么，怎样做能更好。

●美国人爱宠物，有时胜过爱人。

●在美国，有7500万只宠物狗和8900万只宠物猫。

4. 老年人

亲爱的老师：

我的同事看似是一位非常善良的人，可吃午饭的时候，她告诉我的一些事儿令我十分惊讶。首先，她向我抱怨说，她20岁的儿子从大学辍学回家和她一起生活了。老师，她自己的儿子住在她家，她居然让他交房租！我上大学时就和父母住在一起，之后也是。在我们国家，是没有人会向自己家人收取房租的。

接着第二天她又告诉我，她母亲年龄大了，身体又不好，她打算让她妈妈搬出她的公寓。老师，这样她妈妈就得独自居住了！我同事正在为她妈妈寻找"辅助生活（assisted living）"公寓，那是医院吗？如果她是个好人，她会在自己家里照顾她的妈妈，因为她小的时候她妈妈就是这样照顾她的。在我们国家，我们都非常孝敬自己的父母。我们绝不会让自己的父母独自生活，或者当他们生病时把他们送走。我曾以为我喜欢的那个同事，我们可以成为朋友呢，但现在我对她失去了好感，她怎么能做出这种事情来呢？

李松翠

亲爱的李松翠：

咱们简单探讨一下你同事的观点吧。首先，我认为她收取她20岁儿子的房租，不是因为她需要或者想要那些钱，而是她想让他回到大学去。当经济不景气的时候，一些美国家庭确实会让超过18岁的孩子，支付一些贷款或者房租。许多美国人认为，孩子一旦到了18岁，他们就是一个成年人了，应该独立或者学会独立（有时年龄可能要大一点，比如21岁或22岁，视情况而定）。如果你的父母像对待孩子一样对待你、花钱照顾你，你就不可能学会独立。美国人非常重视独立，他们希望孩子能不依赖于他人的帮助而独自完成自己的事情。另外，只要孩子努力争取去拿到他们所选定的学位，有钱的美国父母通常会支付孩子上大学和住宿的费用。但是因为你同事的儿子辍学了，所以他可能就不会从父母那里得到更多的经济援助。

大多数美国老人都不想和他们的成年子女生活在一起。他们会对“成为负担（being a burden）”或者花孩子的钱而感到极度不安。当他们搬进自己孩子的家时，他们也害怕失去自由和独立。你同事可能真的很爱、很孝敬她的妈妈，只是她想给她妈妈快乐的生活所必须拥有的那份独立空间。

辅助生活公寓是为那些需要人帮助做饭、打扫卫生和照顾自己的老年人准备的一种特别住所。他们在那儿既能得到他们需要的照顾，又能保持一定的独立性。作出让她妈妈去这种地方的决定，对你的同事来说，可能也是非常困难的。和她多谈谈，试着理解她为什么会这样做。问她一些一般性的问题，比如“你的儿子怎么样了（How is your son）？”或者“你的妈妈还好吗（How is your mother doing）？”也许你会发现她还是你最初认为的那个好人。

亲爱的老师：

我大学英语班有一个叫马文（*Marvin*）的美国人。老师，他已经78岁了！他说他65岁时从保险公司退休，后来成为一名房地产销售员。现在他想获取大学的新闻专业学位。我从来没有听说过一个老头儿会做这样的事儿。等他拿到学位时，他都80岁了。谁会雇用他呢？这是正常的吗？

露丝

亲爱的露丝：

首先，称呼马文为老头儿是不礼貌的。他可能觉得自己还相当年轻。他这样是正常的。大多数美国人只有在他们想退休的时候才会退休。在美国，没有法定的退休年龄——因为那样的硬性规定是不公平的。那些热爱自己工作的人，直到不能正常工作时，才会考虑退休。而那些早退休的人，是想要再去从事其他工作。五六十岁的学生去法学院学习的并不少见；四五十岁的人去读医学院，或者成为教师、护士也不稀奇。许多美国人会重返大学获取第二学位或第三学位。美国人一生中有两三个职业也是很常见的。因为我们都想过最充实的生活，追求我们的幸福。和马文交个朋友吧，你可能会从他那儿学到很多东西。

附 注

- 美国老年人看重自由和独立，不愿接受家人照顾。
- 多数美国老年人宁愿住在养老院独立生活，也不想和他们的成年子女生活在一起。
- 美国人变得越来越长寿，也越来越健康，许多人不想退休。
- 那些选择退休的人通常会得到另一份工作，或者寻求一种消遣或者重返学校。

提 示

- 请注意，不要用“老”字称呼别人，即使年纪大的人也感觉自己既年轻又独立。

5. 同性恋

亲爱的老师：

我的公寓里没有浴缸，所以我决定去澡堂（*bath house*）洗个澡。在我们国家，我们每周都会去澡堂洗个热水澡。可老师，我到那儿后，所有男人都看着我，就像我在打折出售一样，似乎他们想弄清楚是不是要买我！我看到男人们在接吻，还做一些我不敢相信也无法描述的事情。我根本不能放松，很快就离开了。难道在买浴缸前，我就不能在美国洗个澡？

此外，我经常看到男人和男人牵手，也看到过女人互相亲吻。这是什么意思？这是合法的吗？怎么能够允许这样呢？在我们国家没有人会这样做的。

阿里

亲爱的阿里：

很遗憾你有如此困惑的经历。看到公开的同性恋，有时会让外国学生感到震惊。我来解释一下吧。美国宪法和法律保障所有人享有平等的选择自由。美国的多数主要城市都会比其他国家更容易接受同性恋。在多数城市里的“澡堂”这个词是指男同性恋约会的地方，如果他们愿意甚至可以发生性行为。大多数非同性恋（异性恋）的男人一般都不去澡堂的。如果你想要放松一下，在黄页信息中或者是在网上查一下“水疗馆 (spas)”。在一些城市，特别是在西海岸，有许多韩国人开的水疗馆，那里有类似你怀念的你们国家的那种澡堂。

因为同性恋在多数大城市都是被认可的，所以同性恋伴侣在公共场合表达爱意时通常都不加掩饰。然而，在一些比较保守和偏远的地区，同性恋群体公开他们的性取向可能会有风险。美国不同地区对于同性恋的接受程度是有差异的。回答你的问题——非同性恋的男人，不会和其他非同性恋的男人牵手，非同性恋的女人也通常不会彼此牵手或亲吻对方。

附 注

● 同性恋在美国受法律保护。

● 430 万成年美国人（人口的 1.5%），认为他们自己是同性恋、双性恋，或者是变性人。

6. 家庭暴力

老师：

昨天的事儿让我大为震惊。我去幼儿园接孩子的时候，老师竟然阻止了我，一直等到警察找我谈完话。他们想知道为什么我儿子的胳膊和脖子上有红印儿。老师，他们问我为什么用香烟烫他！我告诉他们，我妈妈胳膊一直疼得厉害，所以我用“硬币 *(coin)*”给我儿子“压印儿（*coined*）”（越南流行的一种民间医疗方式，类似于中国的“刮痧”）以保护他不会从我妈妈那儿染上“邪气(*bad wind*)”。在我们国家，我们总是用“压印儿”这种方法来保健的。我们会把一个铜币加热（我用的是一美分的硬币），并在上面涂上油，然后在肩膀、后背、前胸、脖子、胳膊上摩擦。幼儿园让我在一些文件上签字，还说有一位称为“社会工作者（*social worker*)”的女士会来我家调查。老师，首先，我绝对不会伤害自己的孩子；其次，我家里的事儿和他们有什么关系呢？我感到特别难为情。

阮

亲爱的阮:

听到这件事儿我感到很遗憾。在美国,我们通常采用西医疗法,大多数人对其他种类的医疗方式知之甚少。显然,幼儿园老师不了解你们“压印儿”的传统习俗,所以他们很关注你儿子身上那些像是烫伤的痕迹。他们认为这是一起严重的虐童事件。在美国,殴打或伤害任何人,包括用皮带抽打屁股,或是用拳头打你的孩子、配偶、父母,哪怕是你的宠物都是违法的。我们称之为家庭暴力。这是一种严重的犯罪。不同于许多其他文化,美国的法律规定,保护每一个人是社会所有成员的责任,而不仅仅是一个家庭的私事。事实上,阮,在我们这所学校,我每年都要签署一份声明,如果我看到任何针对我学生的家庭暴力迹象,我必须向政府报告。无论什么时候,我们是不会介入邻居或同事的家庭暴力问题的,但我们确实会打电话给负责调查的主管机构。就在上周,我听到邻居家在打架,妻子尖叫着喊“救命(Help)”,于是我拨打了911。我不是爱管闲事,我只是认真履行作为一个美国人的责任。尽管在你们国家,丈夫可以打妻子,但在美国这是绝对不行的。不管是丈夫还是其他任何人,只要打人,就可能进监狱。

阮,我建议你登录 www.google.com 或 www.ask.com 搜索“Asian Coining”,把上面写的内容打印出来交给你儿子的老师。这样他们就会明白,你是一个有爱心和负责任的家长。

附 注

●家庭暴力是违法的。打任何人，包括你的配偶、父母、孩子，甚至你的狗都是违法的。

●如果你（或你认识的人）有遇到家庭暴力的问题，请拨打全国暴力热线1-800-799-7233。它是免费的，而且会为你保密。你可以用几乎任何一种语言和顾问交谈，或者你也可以拨打911报警。

●每年有100万人拨打全国家庭暴力热线电话。更多信息请访问www.ndvh.org/。

●在美国，每年大约有130万女性和83.5万男性受到过亲密伴侣的殴打。

提 示

●如果你孩子身上有因跌倒或刮痧等其他情况造成的瘀青(bruises)（皮肤上有红色或青色的痕迹），应及时向老师解释清楚，以免他们认为这是件糟糕的事情。

5

第五章　庆典和礼物

1. 婚礼
2. 生日和周年纪念
3. 婴儿和新娘送礼会
4. 葬礼

1. 婚礼

亲爱的老师：

我表姐的婚礼给我的感觉十分奇怪。我和我丈夫到那儿时，先在来宾簿上签了名，然后询问我们的礼金信封应该放在哪儿。一个年轻人指了指一张摆满各种礼物的桌子，上面有包装精美的大礼盒，甚至还有系着蝴蝶结的熨衣板！而我带来的只是个装着100美元的小信封。我不想把它放在那一大堆礼物中间，担心它可能会被弄丢或被谁拿走。

然后我环顾四周的客人，感觉我真该回家换套衣服！在我们国家，一个女人应邀参加婚礼时，她会花很多时间精心打扮自己的。我们这次就花很多时间挑选了一件漂亮的礼服，并十分用心地把鞋和包搭配起来。按照我们的习惯，如果没有漂亮的衣服，我们就会去买一件。我们总是在婚礼当天约一个美发师做发型，并戴上我们最好的首饰。

我表姐出生在我们国家，然后在这里长大，嫁给了一个在大学里认识的美国人。这是我第一次参加美国人的婚礼，我做了通常在我们国家参加婚礼时所做的一切。结果发现——穿着讲究的，只有来自我们国家的亲戚和新娘的家人。那些没有特意打扮的人是新郎的家人和他们的朋友。我们这些娘家客人感到很尴尬，因为新郎家人的穿着都非常简单。怎么美国人在婚礼上穿的衣服和去野餐时穿的差不多呢？

老师，这个婚礼很奇怪。我表姐的新郎竟然是一个女人！仪式中的许多内容我也都不懂。这和我们国家的婚礼大不相同。我和我丈夫很想在婚礼中感受幸福欢乐的气氛，但还是感觉不太适应。这让我认识到，我必须学到更多的美国文化和习俗，才能有助于我享受这里的一切，也许到那时候才会感觉轻松愉快些。

卓娅

亲爱的卓娅：

我确信你和你亲戚们穿着你们的特色服装看起来一定很漂亮。也许新郎的家人反倒会觉得他们自己的穿着太随便了。美国的婚礼也都不太一样，有些是随意的、非正式的，有些则比较正式。你可以在请柬上找到提示。如果上面写着“晚礼服（black tie）”，意思是男士应该穿燕尾服或者是漂亮的西装，女士们应该穿礼服。多数婚礼是讲究穿着的。通常我们穿的衣服和参加晚会时穿的差不多。请柬的风格和当日的时间会让你对婚礼的正式程度有所了解。如果活动安排在白天，一般比较随意，晚上则相对正式。美国人通常会穿些漂亮的衣服去参加婚礼，但我们不会穿那些太引人注目的衣服，因为这毕竟是新娘的节日。客人不会穿白色衣服，因为那个颜色属于新娘。如果白裙子是带花的我们才会穿。女人也经常会穿黑色的衣服，尤其是在晚间举办的婚礼上。黑色通常是正式服装的颜色，男人通常穿深色或黑色的西装。

大多数美国夫妇会在特定的地方登记礼物，比如 Target 或 Macy’s 这两个百货商店。登记礼物是指这对夫妇选择了他们想要的东西，并列出客人在商店或网店上都可以看到的清单。通过这种方式，客人就可以买到这对夫妇想要买的东西了，新婚夫妇收到的礼物也不会重样。有些夫妇会在请柬上告诉你，他们是在哪里登记的，或者你也可以问其他人，比如新娘的母亲或者伴娘。按照过去的惯例，美国夫妇会收到一些诸如烤面包机、盘子、银器或毛巾等礼物。如今，因为大多数夫妇结婚时年纪都比较大了，这些东西都已经有了。虽然送钱不是美国人的传统习俗，但它正变得越来越流行，越来越普遍。一定要把钱放在贺卡信封里，并签上你的名字，这样新婚夫妇才好感谢你。卓娅，你对现金的担心是对的。支票总是比现金要安全些，以防信封丢失。

美国婚礼的形式不只有一种。大多数婚礼都是新娘和新郎文化与宗教的融合。有些婚礼是在教堂举行的，有些是在寺庙，婚

礼之后会有一个宴请。也有些婚礼是在个人家，或是在公园、海滩、博物馆、动物园那样的公共场所举行。尽管所有婚礼的形式是不同的，但它们都有一个共同的目的——把两个人、两个家庭和他们的朋友聚在一起。你努力学习了解有关美国的风俗和文化是非常可取的。你在这里的时间越长，就越能应付自如。希望在下次婚礼上，你能玩得开心。

附 注

●美国人的婚礼各有不同。他们可能是随意的，也可能是正式的。

●许多美国夫妇会在特定的商店里登记，把希望收到的礼物列个清单。

●传统的美国婚礼不是只有一种风格，大多数婚礼都是新娘和新郎文化与宗教的融合。

2. 生日和周年纪念

亲爱的老师：

我不知道去参加生日聚会和周年纪念活动时，用什么方式表示祝贺。上周六下午，我应邀参加一个同事的生日聚会。我对他不太了解，所以不知道该送他什么礼物好。我和妻子商量最好是送30美元和一个蛋糕。我们来聚会时，他妻子接过蛋糕时的神情显得很困惑。当其他人进来的时候，我们看到有人带着包装精美的礼盒，也有人拿着葡萄酒，还有一个人带来了沙拉。

老师，我们对这个美国男人的生日聚会感到很惊奇，因为它更像一个孩子的聚会。他妻子把插有蜡烛的蛋糕放到了他面前。我们一起唱生日歌，他吹灭了蜡烛，然后我们一起吃了蛋糕。过了好长时间他妻子才把我们的蛋糕拿出来，但几乎没人看它一眼。那可是我妻子花了两个小时精心制作和装点的！我还看到许多“过了山顶了（Over the hill）”一类的祝福语，也不知道是什么意思，老师，我感觉说这些话好像有点不尊重人。

我们不知该怎样送上我们的信封，所以就把它和别人的礼物放在了一起。在我们国家，我们是不会在别人面前打开礼物的。所以当同事打开我们的信封时，我们感到很惊讶，还有些不好意思。他看到钱显得有些吃惊，笑笑说“谢谢”。但不难从其他客人的反应中看出，我们好像是做错了什么。另外，其他客人的一些礼物和贺卡看起来既廉价又不得体，因为他们拿他的年龄开玩笑。下个周末，我们要去参加我妻子老板的结婚周年纪念活动，我们不想再出什么差错了。我们应该带什么样的礼物？要不要带食物呢？

大卫

亲爱的大卫:

让我来简单地解释一下美国的文化吧。美国人对年龄的看法不同于其他文化。我们不像其他文化那样看重年龄。许多美国人对变老有着复杂的情感，所以人们开着玩笑像孩子那样来庆祝生日。但他们只在特定的生日（如40岁、50岁、60岁、75岁）才这样做。“过了山顶了”的说法是指你正在变老（通常是在40岁或50岁生日的那一天），意思是在你的生命中，你已经爬到了人生的顶峰，接下来的日子将是下坡路了！这是调侃人的一种方式，同时也让他们意识到自己的年龄已经不小了。我同意你的看法，一些生日贺卡和礼物看起来很粗俗，但大多数人认为它们很有趣。我想这只是美国人不能从容面对变老的事实，所以他们就拿这些来开玩笑吧。

吃完蛋糕后，聚会接近尾声时，打开礼物是美国人的习惯。客人们常常看着过生日的人打开礼物，然后相互传看着这些礼物和贺卡。通常情况下，来参加生日聚会的人都会精心准备他们的礼物。所以主人会通过当众打开礼物的方式来表示感谢和欣赏。但并不是每个成年人都会选择这样的方式来庆祝的。

对于大多数美国人来说，生日或周年纪念买什么礼物是一个非常困难的选择。有些人知道别人想要什么，所以就比不知道的人感觉简单。选择礼物的最好方式是考虑这个人的喜好。你可能不那么了解你妻子的老板。我的建议是买一张百货公司或附近商店或餐馆的礼品卡。当你不知道给谁买什么礼物的时候，送礼品卡是一个好主意，因为这个人可以在你选择的商店得到他（她）想要的东西。这有点类似于给钱，只不过在这种情况下，直接给钱是不妥当的。人们通常会花20—25美元。因为结婚周年纪念是两个人的事，你可以考虑多花一些钱，但这取决于你能负担多少。如果你不知道你妻子的老板任何兴趣爱好的话，你可以送一张礼品卡，让他们在一个浪漫的餐厅享用一顿丰盛的晚餐。你会发现，你买礼物和写贺卡的经验越多，这事儿就会变得越容易。

附注

●一些美国人对变老怀有复杂的情感。

●在成人举办的生日聚会上，美国人会当众打开礼物和贺卡。

●如果你不知道应该给人买什么礼物，送商店或餐厅的礼品卡比较合适。

3. 婴儿和新娘送礼会

亲爱的老师：

您曾经说过，有时我们只有观察到事物的差异，才会意识到我们文化的精髓所在。直到上个周末，我才真正明白了你的意思。我应邀去参加同事的婴儿送礼会(baby shower)。我的同事怀孕了，正在休产假。我已经好几个星期没有见过她了。当我收到请柬时，看到了你曾经给我们讲过的"敬请回复(RSVP)"的字样。我按你的建议打了电话说："谢谢，我能来（Thank you, I can come）。"并按请柬上的信息，在Target商店买了她登记过希望得到的礼物。我准时到达了女主人的家。老师，我为我自己感到特别的骄傲。

我是那么兴奋，因为即将要看到新生宝宝了。可当我赶到那儿时，并没有婴儿。我的同事还在怀孕！老师，这在我们国家是非常不吉利的！当然，我也不是特别相信奶奶给我讲的魔法咒语，但我确实感觉不舒服。我给一个还没有出生的婴儿买了礼物！在我们的文化中，这如同给这个婴儿送去了厄运。我强颜欢笑，故作友好，但我还是不得不坐下来。我想每个人都能看得出我的状态不对，因为女主人给了我一杯水，还问我感觉如何，是不是有事儿。我进了洗手间，照了照镜子。我努力提醒自己，我是在美国，许多美国人不相信厄运。我提醒自己，这里的风俗习惯和我们国家不一样。很显然，他们不会认为我是在诅咒孩子，可他们又确实已经收到了我的礼物。当我走出洗手间时，我看到她丈夫和其他一些男士也在客厅。难道男人也可以参加女人的聚会？！我尽了最大的努力想使这个过程变得愉快，微笑着练习英语，可我还是提前离开了。希望我没有失礼。

几天过去了，我感觉好了一点儿。老师，我得和你说说这事儿。我简直不敢相信，美国人在孩子还没有出生就给他们举办婴儿送礼会！这是正常的吗？还有，在我们国家，男人是不会在婴儿送礼会上出现的，这个聚会只是为女人举办的。男人来这里正常吗？

塔拉

亲爱的塔拉:

我很遗憾，你经历了这样一段时间的煎熬。听起来你好像的确受到了很大震动，甚至连你自己都不知道你们的文化中有那么深层次的东西在影响着你，这真的挺有意思，你说是吧？在美国，绝大多数孕妇在婴儿出生之前都要举办婴儿送礼会。如果孩子是父母领养的，通常是把孩子领回家后举办。

与其他文化相比，美国人可能不那么迷信，但怀孕是让所有人都感觉不是十分有把握，而且会格外呵护自己的一个时期。甚至很多美国人在那个时候也会有点害怕坏运气。传统上，美国妇女在怀孕头 3 个月是不会告诉任何人的，直到流产的可能性小了。这究竟是因为迷信，还是仅仅从实际需要考虑还不得而知。婴儿送礼会通常是在婴儿出生之前 4—8 周举办。进入孕期的这个阶段，婴儿出生时存活的可能性最大。婴儿出生之前举办婴儿送礼会的另一个原因是因为美国人很实际，他们是想通过这个婴儿送礼会让客人用礼物迎接宝宝的出生。况且在婴儿出生前，父母也需要准备好这些东西。如果我们等到婴儿出生以后再举办，母亲可能感觉就不那么好了，而且还要再等上几个星期或几个月，那时候这些礼物也就不那么有用了。大多数美国人并不担心给尚未出生的婴儿买东西会带来厄运。

Baby Boy
Carl James
is on board
The time is getting near
When you get the
BIG NEWS - he is ashore
Open your bottle
& CHEER!
LAMARCA

关于你的第二个问题，过去确实是只有女性参加婴儿送礼会。近来,男性在养育子女方面扮演了更加积极的角色。有些夫妇会说，“我们怀孕了（We’re pregnant）”。父亲分担照顾孩子的责任比过去多了很多。婴儿送礼会是关乎婴儿的，但夫妇两个人才可能生出宝宝啊。

希望这些解释能让你的感觉好起来。我知道你有过那样一个不愉快的经历，但几天过去了，也许你现在可以考虑比较一下两国的文化了。

附注

●有两种形式的聚会——新娘送礼会（在女人结婚前举行的）和婴儿送礼会。这两种都是传统的女性聚会，但它们都在改变，现在男性也开始参与了。

●送礼会应该是由一个外人来主持的。虽然组织送礼会的意图是接受礼物，但让家里人筹办的话，感觉替亲人索要礼物显然有些不妥。

●和婚礼一样，人们会在一个特定的地方登记礼物。找到他们登记的地方，尽早购买礼物。你等待的时间越长，你选择的余地就越小。大多数人登记的礼物价值在10—100美元（或者更多）。

●准妈妈们几乎都喜欢纸尿布。

●你一定要在你的礼物里放入一张写有自己姓名的卡片。准妈妈会回寄给你一张感谢卡的。

4. 葬礼

老师：

我丈夫同事的妻子去世了，我们都很伤心。他们夫妻俩非常恩爱，有两个年幼的孩子。可去参加葬礼时，我们都惊呆了：棺木上摆放着黄色和红色的玫瑰；不是每个人都穿黑色衣服，也没有人大声哭喊；当一些人站起来谈论她时，竟然讲了一些笑话，大家听后还笑了；也找不到放钱的地方；葬礼结束后，我们还参加了一个家庭宴会。这是正常的吗？

诺瓦拉

亲爱的诺瓦拉：

在葬礼上，美国人会竭尽全力把悲伤的情绪隐藏在内心深处，向逝者表示爱和尊重。当然，我们无法控制我们的眼泪，但我们会努力忍住悲声。在美国人的葬礼上，听不到哭泣的声音是很常见的。美国人非常乐观，即使在这样一个悲伤的时刻，我们也尽量不去想死亡，而是要庆祝这个人曾经拥有生命。因此，我们常常努力回顾和分享那些快乐的记忆，并因其中那些有趣的情节而发笑。

美国人在公共场所情绪失控的唯一时刻，就是在赛场或是在观看电视上的体育比赛，而那是没有问题的。你会听到美国人因兴奋、愤怒或失望而尖叫，这一切都是正常的。也许这正是体育在美国如此受欢迎和受重视的原因吧。

至于黄色和红色的玫瑰，为什么不可以呢？也许这是她生前喜欢的花和颜色呢。我们不像其他文化那样，认为颜色和鲜花有特定的深层次象征意义。大多数人一般会穿深色衣服参加葬礼，但是穿其他颜色的衣服也并非不得体。在美国没有象征“死亡”的颜色，也没有象征“死亡”的花。在葬礼上通常穿黑色服装，只是因为黑色被认为是一种美丽而优雅的颜色，在参加聚会、婚礼和商务会议时也经常穿。

附注

●在美国的葬礼上，大声哭泣是不正常的。美国人会努力保持内心深处控制强烈的情感。

●没有传统意义上的颜色和鲜花象征死亡。任何鲜花都可以在葬礼上使用。

●在葬礼上，逝者的近亲和朋友通常穿深色衣服，穿任何深色的衣服都是可以的。

●美国人不会在葬礼上送钱。有时候我们会在葬礼上送鲜花或植物。通常他们会以死者的名义给慈善机构捐款，慈善机构收到捐款后会给这个家庭发一份通知。

●葬礼后，通常会有一个家庭宴会。一般会有很多食物，有时也会有酒。其间人们会谈起许多他们对逝者的回忆。

●通常的做法是给他们的家人寄张慰问卡，写上“他（她）的离去我很难过”。

●在某些宗教中，葬礼的前一天晚上会有守灵或瞻仰遗容的仪式，在那里你可以单独向逝者告别。

6

第六章　城市生活

1. 公共交通
2. 市内步行
3. 市内驾驶
4. 警察
5. 城市服务
6. 房客和房东权利
7. 奇怪的法律
8. 车库甩卖

1. 公共交通

亲爱的老师：

今天早上，我在公共汽车上的那段时间简直糟透了！先是我往机器里放了一张20美元的纸币，原以为能找回一些钱。可司机却说我必须用“正好的零钱（exact change）”，所以我一分钱也没拿回来。司机还不错，给了我一些转乘车票。然后我坐在了前面的座位上，人们都用异样的眼光看着我。后来，我看到了我想要下车的地方，但是汽车并没有停，我不知道该怎么办才好。车上只有一个司机，而在我们国家，车上总是有另外一个人负责售票，当我们要下车时，他（她）会告诉司机停车。因为怕迷路我没敢下车，结果我在车上耗费了一个小时。但不管怎样，好在美国的公共汽车总是能按照时间表准时到站。司机也很友善，有礼貌。

加雅妮

亲爱的加雅妮：

这里有三件事你需要知道，下次乘车时将会对你有所帮助。

（1）在大多数公共交通工具上，你都需要准备正好的钱数。因为司机要专心开车，不能为你找零。通常你不用向司机交钱，而是把钱投入司机旁边的机器里。如果你乘车时没有公交卡或代币（token）（一种类似钱的特殊硬币，用于乘公共汽车、上厕所等），就一定要随身携带一些零钱——1 美元（dollar）、25 美分（quarter），以及 10 美分（dime）的硬币。

（2）公共汽车前排的座位通常是给老年人、残疾人或者孕妇预留的。大多数人上了车都会往后走。如果公共汽车非常拥挤，你也可以坐在预留的座位上，可一旦有需要这个座位的人上车了，你就要立即起身让座。

（3）在美国，公共汽车只在站点停车，而且到站时只有两种情况他们才会停车：一是有人在等车；二是车上有乘客发出了要下车的信号。可能你第一次乘坐公共汽车会有些慌乱，所以一定要拿到一份公共汽车线路图作为参考，或是有问题向司机询问。在到达你要下车的站点之前，你需要提前几个街区就拉一下挂在车窗旁的线，或者按一下要求停车（STOP REQUESTED）的

按钮。当心！不要错按“紧急 (EMERGENCY)”按钮。这些按钮通常在公共汽车的前部或中间。这些信号表示有人想在下一个站点下车。还有，在一些较大的城市里，当你乘坐的是快车（express bus）时，要注意那些公共汽车并不是每一站都停，所以要告诉司机，你需要在哪里下车，或问问他们车是否在那里停。

老师：

昨天我的钱包被偷了！我在公共汽车上睡着了，等我醒来的时候，发现有人把我包的一侧割开了，从中拿走了我的钱夹。里面有400美元，还有我所有的证件和去年去世的爷爷的照片。我感到很难过，不知该如何是好？

奇庆

奇庆：

得知那些扒手（pick-pockets）的行径，我深感遗憾。不要随身携带任何不容易补办的证件，除非你在特定的时间要用到它们（当然，你的驾照除外）。尽量只带重要证件的复印件。如果你有无法补办的证件，一定将原件放在家里安全的地方。如果你必须带着它们，就把它们藏在你身上的某个地方，像衣服里面的小口袋儿里。你通常可以在旅游商店或办公用品商店把藏在里面的东西拿出来。

至于钱，许多美国人很少携带超过 50 美元的现金。他们常常用信用卡和支票，如果丢失或被盗可以声明作废。如你所知，一旦现金丢失就找不回来了。如果你知道你的处境不够安全，那么最好在衣兜或钱包里带上几美元，然后把重要的证件、信用卡或现金放在一个更隐蔽的地方（贴身腰包、鞋里，腰间和颈前的小口袋儿里等）。

老师：

今天，我正坐在公共汽车上，一位老太太上车了，我起身给她让座，可她却很生气，说她不需要。难道我做错了什么吗？

鲍里斯

亲爱的鲍里斯：

这件事你做得很有礼貌，但那位女士可能觉得很受伤害，因为她不想让你认为她老了，她想保持独立的形象。如果她需要座位，她就会请你把座位让给她。美国人十分在意独立和年轻的感觉。

我建议你继续礼貌待人，但要理解他们的感受，他们可能想要保持独立。你可以试着先用眼神和肢体语言进行交流。如果她想要这个座位，她会走过来，点头或者说“是”。每个人都是一个独立的个体，你需要根据每一种具体情况作出决定，而不是根据他们的年龄或身体状况。

还有一些事情需要记住，千万不要在没有征得本人同意的情况下，推坐在轮椅上的人或亲自给盲人引路。大多数的美国残障人士都极其独立，当他们觉得自己可以做，可你仍坚持要帮助他们的时候，他们就会觉得自己受到了伤害甚至会发怒。

附注

- ●公共汽车前面的位置是残疾人和老年人的专用座位。
- ●美国人不随身携带大量现金。
- ●美国人常带信用卡和支票。
- ●把钱和重要的证件藏在身上或者家里，以确保你的财产安全。
- ●大多数公共汽车需要用数额正好的钱购票，不找零。
- ●大多数公共汽车都有设定的站点，所以你需要拉线或按一下按钮来请求停车。他们不能中途让你上车，也不能让你随意在任何你想要去的地方下车。

提示

- ●除非老年人和残疾人在公共汽车上要求给他们让座，否则可能会引起他们的反感。多数老年人或残障人士不愿意被认为需要帮助。
- ●警惕小偷。
- ●乘车时先下后上。

2. 市内步行

老师：

在我们国家，路上的汽车总是川流不息，以至于行人很难穿过马路。所以，我们常常只要能过去就赶紧走。昨天我穿过马路时，警察拦住我，给了我一张"乱穿马路(jaywalking)"的罚单。这是什么意思呢？我做错什么了吗？我必须交这个罚款吗？

基·比奥姆

基·比奥姆：

在美国的大多数州，行人总是有先行权的。在美国，司机必须在红灯前停车，而且必须查看人行道上是否有行人。但遗憾的是，有时司机喝醉了，打电话、发短信或者更换 CD，以至于他们的注意力并没有集中在驾驶上。因此即使当交通灯指示你可以走的时候，你也一定要留意两侧车辆，确认司机精力是否集中。在没有信号灯，但地上涂有白线的十字路口（白线被称为人行道，允许行人在这里穿过马路），大多数州的法律规定：只要行人踏出路沿（在马路和人行道之间的台阶），汽车就必须停下来。但是，再强调一次，要小心。有些汽车可能根本停不下来，或者他们也许看不到你。如果你在交

通繁忙时横穿马路，而且还没有走人行横道，汽车司机就不会想到你可能在那里,这样你就有可能被撞。只有在绿灯时间穿过人行横道，或者是在没有标志的十字路口（两条街交会，但街上没有白线）过马路才是真正安全的。因为汽车司机认为行人只应该在那里出现。

“乱穿马路”是指不在十字路口过马路，或者过马路不走人行横道，或者闯红灯。在大多数州，如果信号灯上显示的是“红手”，或者其他标识显示你没有足够的时间安全通过，你这时过马路就会得到一张“乱穿马路”的罚单。有些信号灯会显示你还剩多少秒。

基 · 比奥姆，交罚款吧，很高兴你已经吸取了教训，这个教训可以挽救你的生命。如果你不交罚款，他们会追加你更多的罚金，如果你有很多未付的罚单，他们会把你送进监狱。如果你去旧金山、芝加哥、纽约或其他像这样拥挤的城市，你可能会看到很多人在车流中穿过马路。他们一般不会接到罚单，可能也不会被罚，但问题是那样做是非常危险的。等一会儿绿灯，确保安全!

附 注

●行人总是有先行权的（但汽车更强大）。

●行人必须在人行道或无标记的十字路口穿过；在马路中间穿行被称为“乱穿马路”，是违法的。

●如果在交通信号灯处过马路，行人只能在行人信号灯变为绿色时通过。当它显示“停止”的时候，你就不能再走了。

●不要跑着横穿马路，因为这样让司机难以作出准确判断和应对。

3. 市内驾驶

老师：

我刚刚拿到驾照。我学习了交通法规后，考了三次才通过笔试(the writing test) 。又考了三次以上才通过路试(the driving test)。我的问题就是不能很好地平行泊车！昨天，我在高速公路上，每个车都开得特别快。我后面的那辆车的司机不停地闪着他的车灯，还朝我按喇叭。弄得我非常紧张，以至于我下了高速。他为什么这么粗暴呢?

卢德米拉

亲爱的卢德米拉：

在一个陌生国家开车是很困难的一件事。确实有些司机更急躁一些。听起来你可能开得太慢了，有时候这样和开得太快一样危险。或者，对你后面的那辆车来说你太慢了！当你处于提高驾驶技术阶段，我建议你还是保持在最右边的车道上为好。这条道是慢车道。这条道上的车不像第一条和第二条车道上的车开得那么快。毕竟有时一些汽车的速度比限制的速度快，你又不想被撞上，也不想超速违规。我能告诉你的是，你的驾驶经验越多，你就会越自信。继续开车吧。在你去某个地方之前，一定要弄清方位，并给自己留出充裕的时间。开车的时候不要用手机。每次把车停在街边时，一定要查看所有警示标识，确认这里允许停车的时间。

还要查看一下是否有停车计时器（小的投币机器，类似租用车位）。有些城市没有停车计时器，但是他们在每个街区中间设有一台特殊的机器，你可以在那里买到停车许可证。按照机器上的说明操作就可以了。通常你需要把许可证或通知单贴在你的车窗上。

PAY
HERE
7211
HEAD UP
No through access
to Gilbert & Gates.
Please use detour.
Parking is free

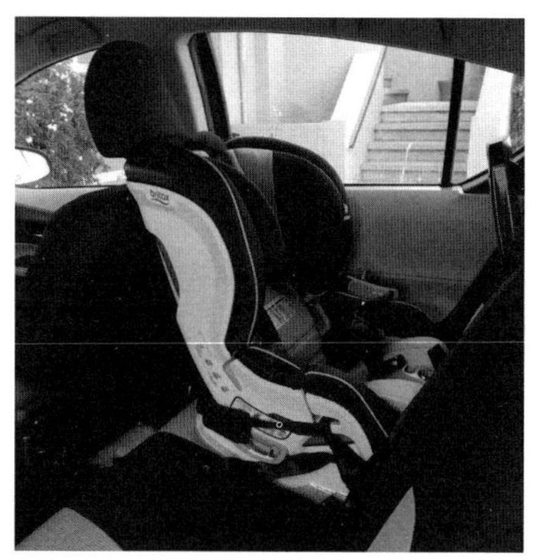

附注

●开车时要遵守交通规则。

●始终要系好安全带。这是常识，也是大多数州的法规。

●记住行人总有优先权。

●也许在你们国家开车时打电话可能并不违法。除非是在紧急情况下，否则就不是一种好行为。需要打电话时，把车停靠在路边。

●在你出发之前先弄清楚目的地方位，然后在开车前明确行车路线。

●注意有关儿童乘车安全的法律。在大多数州，儿童在没有达到规定年龄之前，必须坐在安放在后排座的特殊座椅上。一些城市还要求车内有孩子时不能吸烟。

●要习惯于泊车前查看有关停车规定的标识，比如允许停车的时长、清扫街道的时间以及违章停车将被拖走的警示。

●记住开车不是比赛，也不是游戏。无论什么时候都要保持冷静和礼貌。

4. 警察

亲爱的老师：

很抱歉，昨天我没来上课，因为我开车去学校时，一个警察拦住了我。我从倒车镜里看到了他，可我觉得自己并没有做错什么呀。当我打开车门下来时，他好像特别凶。他愤怒地大声说，“给我坐回去（*Sit back down*）！”他让我出示驾照、行车证和保险单。幸好这些我都有。我试图表示尊重，但他真的把我吓坏了。最后他说我的左刹车灯不亮了，接着他回到警车里坐了很长时间，然后给了我一张罚单。当然，我今天上午就把左刹车灯修好了。我必须交这个罚款吗？我当时是不是应该给他一些钱呢？我并没做错什么呀。我心烦意乱，所以没能来上课。

达里奥

亲爱的达里奥：

记住，警察在执行公务时，有时是会遭到杀害的，所以他们总是会很警觉。在美国，如果我们被警察拦住，我们就待在车里，摇下车窗，把手放在方向盘上（表示我们没有枪）。我们会微笑着直视他的眼睛说："似乎出了什么问题，警官 (What seems to be the problem, Officer)？"达里奥，你可能通过不笑、不直视他们的眼睛来表示尊重。那可能会让他觉得你正在做什么坏事。美国人一般不相信那些不看他们眼睛的人。接下来他是坐在车里通过电脑查验你的驾照，这是常规操作。

最好不要和警察争辩是非。如果你认为警察在这件事上不公平，你可以在法庭上为你的案子辩护。而在当时，你的最佳选择是在微笑的同时说："我不知道我的车灯坏了，谢谢你告诉我，警官。我会马上把它修好的 (I didn't know my light was out，Thank you, officer, for telling me. I will fix it immediately)。"如果你这样做了，或许他不会给你开罚单，但也不一定。

你的情况不是很严重的行车违章（moving violation），罚单也未必有罚款，看看罚单上的说明。你可能需要去一些相关的办公机构，以便他们检查你的车灯是否修好了。如果你无视罚单，你将不得不支付罚金，甚至还可能会进监狱。

达里奥，我很高兴你没有给警察钱，不然他可以逮捕你。在美国，行贿是一种犯罪。行贿就是给某人钱然后从他们那里获取好处。比如给警察钱。其实，试图贿赂任何一个人——秘书、政府工作人员、老师，都是一种犯罪行为。与许多国家不同，我们从来不会直接向警察支付罚款，我们一般会邮寄支票或汇票，但不会把现金放在罚单附带的信封里寄回，也可以去法院交付罚款。

附注

●如果警察开着警灯叫你停车，你要立即把车开到路边停下。
●待在你的车里。
●摇下车窗。
●把手放在方向盘上。
●直视警察进行眼神交流。
●微笑。
●说：“警官，好像出了什么问题？”
●不要争辩（不管怎么说，警察是对的）。
●开车时，一定要随身携带驾驶执照、行车证和保险证明。
●向警察说声“谢谢”。
●千万不要因为任何理由把钱给警察。罚款是通过邮寄或在法庭上交付的。把钱给警察或任何公职人员被称为行贿，在美国，这是一种严重的犯罪。

5. 城市服务

老师：

我家门前有一只死猫，满身都是苍蝇，而且气味难闻。我拨打了911，接线员态度非常不好，说这事不归他们管，就挂断了电话。我做错了什么吗？

约瑟夫

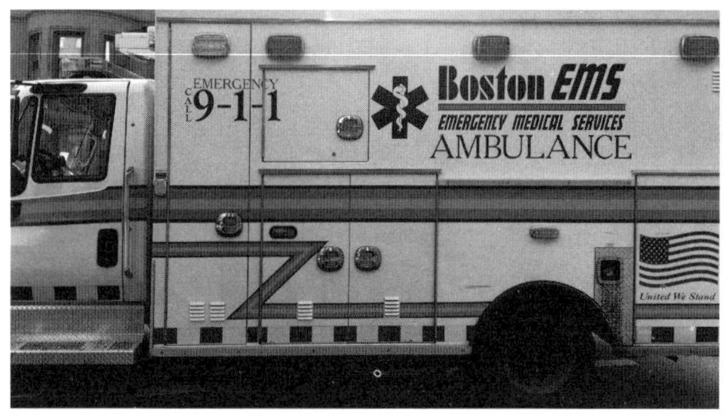

亲爱的约瑟夫：

当你拨打警察、消防或救护车的急救电话911时，只应该报告生死攸关的紧急情况。遗憾的是，我们没有足够多的警察或者是接线员提供非紧急事项的服务。当你搬到一个新的地方，最好和市议会代表（市议员）、公共图书馆、邻居、老师或朋友联系，寻找一下你所在城市使用的公共服务电话号码。大多数城市使用911进行生死紧急呼叫，411用于电话号码信息查询。现在，有些城市使用311或211来处理其他类似于你反映的问题。打这两个电话，你可以说“死了动物”，然后有人会以适当的服务形式联系你。在你需要城市服务之前，你可以打电话给市议员或图书馆，获取一个城市服务的电话单。然后，如果你需要报告——在你的公寓前有一个大沙发、一个路灯不亮了，或者街道上出现了个大洞等，你就可以按照电话单找到相应的人联系了。顺便问一下，那只猫后来怎么处理的？

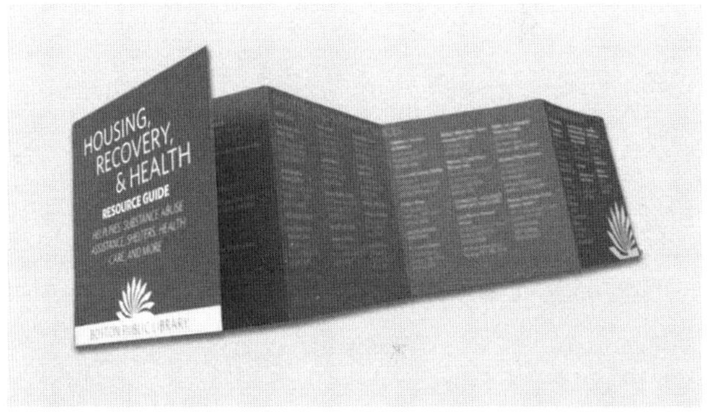

附 注

●如果不是生死攸关的紧急情况，不要拨打911。如果你需要和警察或消防部门通话，可以给当地警察局或消防局打电话。你应该把这些电话号码放在你电话机旁边。

●有关你所在城市的信息，请电话联系市议会代表，也可以通过互联网或用电话簿查询，也可以拨打411或试拨一下当地图书馆的咨询台电话。

●查明你所在的城市是否有311或211信息服务。

6.房客和房东权利

亲爱的老师：

很抱歉上周我没能来上课。我和我的房东发生了严重纠纷。我厨房水池的下水堵了。他说应该我花钱修理，他可以给我水管工的电话，我需要打电话叫水管工来，然后自己付钱。我只在那儿住了两个月，除了水和肥皂液我没有往水槽里倒过任何东西。我不知该怎么办。后来我想起来上个月你在课堂上给我们的房屋署网址。虽然我不能完全理解网站上的每一件事，但我听从了你的建议，给他们打了个电话。你是对的，我在电话这边等了大约15分钟。因为你告诉过我可能会是这样的，所以我有思想准备。最终，一位女士接听了电话。她特别友善，她说我的房东有责任让水管工来解决这个问题。她还告诉我，如果有任何其他问题可以再把电话打回来，而且会有检查员到我公寓来查看。

我把那位女士说的话告诉了房东，他气急败坏。他说我不是美国人，所以什么都不懂，那些规定不适合我的情况！我特别心烦意乱，觉得他也有一定的道理。但后来，我想起了你教给我们的有关每个消费者的权利和每个人在美国的权利。我也义愤填膺，又把电话打回房屋署。这次，一位检查员出面了，他告诉我的房东，如果他不立即修好下水，他就得交罚款。显然，现在房东和我彼此不满，但他知道他不得不服从法律。他以为我是一个外国女人，在这里待的时间又不长，他就可以欺负我了。如果不是你，老师，我就会认为他说的那些是对的了！谢谢你给我们上的那堂课，也感谢你给我们提供了房屋署的网站。我为自己感到骄傲，因为我以前从来没有表现得这么强硬过。

米卡

亲爱的米卡：

谢谢你的来信，我很高兴能够帮到你，并为你能如此强大而感到骄傲！收到你的来信我也特别兴奋，从现在开始我将给所有班级重点讲授有关他们的住房权力，并给所有的学生提供相关的网站地址。

还记得我怎么说的吗？每一个州都有不同的住房法律，每个州的法律都会保护房客，也会让他们知道房东有什么样的权利及义务。以后，如果你忘记了有关不同权利的细节，只要使用Google.com 或 yahoo.com 这样的搜索引擎，输入“住房权（housing rights）”或“房屋署（housing department）”以及你所在城市的名字，上网查询就可以了。

在洛杉矶，这个网站有亚美尼亚语、汉语、波斯语、高棉语、朝鲜语、俄语、西班牙语和英语。在其他许多城市，只有英语和西班牙语或这座城市的第二语言。大多数网站都有一个你可以拨打的电话，但是可能要等待很长时间。你也可以亲自去相应的办公机构，通常与人交谈比阅读信息容易些。大多数网站上也有关于如何找到他们办公地址的信息。我真为你骄傲，米卡，继续争取你的权利吧！

亲爱的老师：

你刚刚告诉我们，在这个城市，房客拥有强大的法律权利。我的房东真是太坏了。我想知道我是否应该投诉她。首先，因为我付房租稍稍有点晚，她就额外收取了我50美元。还有，她说灭除蟑螂是我的责任，而不是她的。你怎么看呢？

凯撒

亲爱的凯撒：

你搬进来的时候，签了租房合同或是租房协议了吧？合同或协议条款可能已经写明了有关滞纳金方面的规定。我很遗憾地告诉你，你的房东可能完全有权收取你的滞纳金，通常是房租的5%。凯撒，那是公平的。你的房东要按时向银行支付她的公寓楼房贷、房产税、保险金，以及水电等费用。如果你不按时交房租，她就得晚付她的账单。

至于蟑螂，这个城市的法律规定，如果你搬进来的时候公寓是干净的，没有蟑螂，那么你有责任把你搬进来之后出现的蟑螂灭除。不要喷洒任何毒药，因为也许它的效力就能保持一天，蟑螂还会回来的。去商店买些“蟑螂汽车旅馆（roach motels）”（毒蟑螂的小药盒），把它们放在你厨房的水槽和冰箱底下，还有浴室里。每3个月更换一次。凯撒，对不起，蟑螂也爱我们的城市。气候很好，它们整年都快乐地生活在这里。你不能让它们永远消失，但你可以控制它们。

附注

●有关你所在城市和州的房客和房东权利的法律，你可以与市议员联系获知。你也可以通过输入“租户法（tenant laws）”和你所在城市的名称在线搜索，或与当地图书馆参考管员（reference librarian）联系，找到相关信息。

●租金必须按时支付，否则通常要交滞纳金。

●如果你不付房租，房东有权去法院申请获得驱逐你的许可，到时你和你的东西必须搬走。

●如果你用支票交房租，要确保你银行账户里有足够的钱。如果你的支票因余额不足被退回，你将不得不额外支付10—50美元不等的罚金。

●如果你支付现金，一定记得要收据。

●在几乎所有的州和城市，房客有权要求入住一套安全、卫生的公寓。如果你不喜欢墙壁或地毯的颜色，那就是你的问题了。

7. 奇怪的法律

老师：

我结识了一些新朋友，我们去了一家体育酒吧，想看世界杯足球赛。门口有个身材高大的家伙要我的身份证（ID）。当他看到我的年龄后（我20岁），他不允许我进去！我告诉他说，我不喝酒，只是想和朋友们一起看比赛。可他还是不让我进。我尴尬极了。

弗拉基米尔

亲爱的弗拉基米尔：

美国有一些法律确实很奇怪。你可以在18岁时参军（包括陆军、海军、海军陆战队、国民警卫队等），为国家战斗、牺牲；也可以在18岁时行使选举权，作出重要的选择和投票。但是在你21岁之前，你却不能买酒、喝酒，也不能待在提供酒水的地方。直到你看起来年龄像超过30岁，否则有些地方就会要求你出示身份证。如果你未满21岁，你就别想去拉斯维加斯赌场或其他赌博场所。18岁以下的人购买香烟是违法的。在多数城市和州，不管任何人在公共场所，如街头、公园、海滩等地方喝酒都是违法的。你只能在特定的地方喝酒，如餐馆、俱乐部、酒吧，当然还有你的家。在有些城市和有些州，星期天买酒和卖酒都是违法的。

附 注

●你必须年满21岁，持有带照片的身份证，才可以买酒或喝酒。

●在大多数城市和州，你只能在特定的地方吸烟。在许多城市，则只能在自己的家里，而不能在餐厅、酒吧、医院、工作场所、公园等处吸烟。

●在大多数州，18岁以下的人购买香烟是违法的。

8. 车库甩卖

亲爱的老师：

看到别人在自家院里卖东西，我妻子买了一条毯子。原来那家有人去世了，她女儿把房子里的很多东西都拿出来卖。我妻子觉得这条毯子确实挺好，很干净，而且才3美元。可我觉得买别人用过的东西很恶心。在我们国家，我们绝不会这样做的，我们只买新东西。只有很穷的人才会去买二手货。而且我认为从一个死去的陌生人家里买东西是不吉利的，可我妻子就是喜欢这种类型的销售。她去那儿安全吗？她买陌生人的东西可靠吗？

肯吉

亲爱的肯吉：

这些销售模式在美国十分流行。它们有几个名字——“车库甩卖（garage sales）”（经常是为了清理车库）、“庭院甩卖（yard sales）”（在前院出售二手货）、“捐赠物义卖（rummage sales）”（通常是在教堂或学校里筹款）或者“遗产拍卖（estate sales）”（如果有人去世了）。也有“搬家甩卖（moving sales)”和“离婚甩卖 (divorce sales)”。美国人总是希望买东西时能少花钱，所以他们喜欢这样的销售模式。因为你可以用很低的价格买到不错的东西。在美国，你能讨价还价或者得到较低价格的机会并不多。

一般来说，在“车库甩卖”中买书、衣服、家具、婴儿服装、盘子和眼镜都是有把握的，因为你可以看到它们是否完好无损。买电器、照相机、电脑等要格外小心。

许多卖东西的人，其实只是想扔掉他们的东西，为新东西腾出地方，当然他们也想赚点钱。

任何人都可以卖东西。有些人在报纸上做广告，有些人则只是在街角贴些小海报。运用你的判断力，当你与陌生人交谈时，要相信你的直觉。要谨慎对待你要买的东西，可能在商店里买东西会更安全。你 (或你妻子) 可以决定什么样的东西是你们可以接受的。其实去甩卖市场中找一找，是你可以淘到物美价廉东西的好途径。

此外，与大多数国家不同，在美国讨价还价的最好方式不是挑剔你要买的东西。不要说，“这个旧东西太破太脏了（This old thing is torn and dirty）”，而应该说，“我真的很喜欢，但是我只能花 2 美元（5 美元等），你能把价格降低一点吗 [I really like it, but I can only spend $2（or $5 etc.），Could you lower the price a little]？”

试一试，肯吉，和你妻子去参加一两次这样的销售活动，看看你能从人们的买卖中学到什么样的美国文化。祝你购物愉快！

附 注

●你可以在“救世军（the Salvation Army）”或“慈善商店（the Goodwill Store）”那样的旧货店买到便宜的东西。

●你可以在克雷格分类网站 —— Craigslist.com找到廉价的商品。只要登录它的网址，选择你所在的城市，然后点击“待售商品（Things for sale）”即可。网页中有一个关于免费物品的区域，但你得去指定的那个地方，才能领取他们提供的东西。

提 示

●在“车库甩卖”中，建议不要单独进入陌生人的房子和地下室。

●谨慎购买电器产品，如电脑、电视、照相机、小微波炉及熨斗，除非你能测试超过半小时。

●“车库甩卖”的所有物品一概售出不退。每样东西都按照物品的现状出售。

7

第七章　职场

1. 求职面试

2. 别有用心的关注

1. 求职面试

老师：

下周三我和我妻子都有求职面试。我们不知道该穿什么好，应该怎样表现？请给予帮助。

曼索

亲爱的曼索：

现在衣服有太多不同的款式和风格了，很难准确地说穿什么是合适的。当你不确定应该穿什么的时候，我还是建议你尽可能穿正式一点的服装。

首先应该穿得干净整洁。注意刮胡霜和香水都不要涂抹太多。你妻子，也包括你都应该尽量少戴首饰，别戴帽子！

如果这份工作很专业，那么西装不失为一种好的选择。你可以穿一套深色西装，或是深色裤子加上漂亮的夹克，里面配上白色或蓝色的衬衫。一般来说，领带不是必须的，但是通常戴上一条也不错。你妻子应该穿深色西服裙或者长裤套装，或者一件漂亮的连衣裙。告诉她穿双漂亮的鞋，但鞋跟不要太高。她应该尽量少化妆，可以涂点口红（不要鲜红色的）和睫毛膏，但不要涂深色眼影或者画很重的眼线。当然，我不需要告诉你们俩，不要吸烟或嚼口香糖。

如果这份工作是从事手工劳动的，如厨师、管家或园丁，那么就穿得非正式一点儿。如果你和你妻子穿西装，雇主可能会认为你们对这份工作期待过高。你穿一件干净的白衬衫或 T 恤加上牛仔裤，你妻子穿上漂亮、简朴的连衣裙或短裙，或者裤子和衬衫，再配上点首饰，你俩这样就很好了。

你还问我如何以最好的方式表现自己。记得准时到达，早一点就更好了。牢记，美国人认为“时间就是金钱（time is money）”—— 时间和金钱都是宝贵的。如果你面试迟到了，雇主会认为你以后上班也会迟到。周二可以先做一次踏查，看看面试的办公室在哪里，再查看一下周边的交通状况和停车情况，确保你周三不会迟到。

无论是男人还是女人，在面试中，你和你妻子都应该有同样的表现。那就是当你们看见面试官的时候，一定要神情坚定地和他们握手，一定要直视面试官的眼睛，一定要微笑，一定要以积极和诚实的态度回答面试问题。注意说话不要太多。我知道正面评价自己可能很难，但这极为重要。我也知道让你妻子说自己的优点也不容易，因为这在你们的文化中是不自然的。但面试中你们两个都会被问及你们有什么样的才能（好的品质），你们必须说清楚你们的优势具体表现在哪些方面。告诉面试官，你们是负责任并值得信赖的人，说你们工作时会早来晚走。如果他们问你们有什么缺点，只说你们对工作太认真了。一定要感谢面试官给你们的机会，在被录用之前，不要询问病假或休假的事情。面试结束后，最好能写一封感谢信或电子邮件，但要简短，不要有写作上的错误。我很乐意帮你们看一下。

你要回顾一下你的简历（在一页纸上列出你的工作经历和教育背景），以便你能准确回答关于以前工作的日期和公司名字等问题。你可能还要重温一下我们在求职面试课程中学到的内容。

附 注

- 面试时一定要穿着得体。
- 守时。
- 记得要表达自己的优点，不要难为情。语气要坚定，不要含混不清。
- 微笑着直视面试官的眼睛。
- 当面试官说，“你还有什么问题吗（Do you have any questions）？” 这时要感谢他们给你参加面试的机会，而不要在那个时候询问病假和休假的事情。

2. 别有用心的关注

亲爱的老师:

我在一家小型会计师事务所做会计，我喜爱我的工作。单位离家很近，作息时间也能保证我来学校学习。但目前这个经理让我觉得特别不舒服。在过去的几个月里，当我在办公桌前工作的时候，他经常走近我，盯着我看，微笑着对我眨眼（在保持一只眼睁着的同时迅速闭一下另一只眼），还常把他的手放在我的肩膀上。他总夸我有多么漂亮，对我的穿着品头论足。我试着不理会这些，但昨天他邀请我去他家吃饭。我当然说“不”。可他今天说，他正在考虑提拔我，他想在下周五晚餐时讨论这件事。我实在不想去他的家，但是能得到晋升加薪，这对我实在是太有诱惑力了。你认为我该怎么做呢?

安洁莉娅

亲爱的安洁莉娅:

这听起来像是一起严重的就业歧视（不平等待遇），这种歧视在美国被称为“性骚扰（sexual harassment）”。他不断地烦扰你，是因为你是一个有魅力的女人。这绝对是违法的。不幸的是，性骚扰事件很难取证，也难以得到公正处理。我刚读到一篇文章说，40%—60% 的职业女性遭受过性骚扰（男性也同样会受到雇主的性骚扰）。

如果你的公司有超过 15 名雇员，你会受到联邦平等就业机会委员会（EEOC）的保护。你可以参考 www.eeoc.gov 网站上的相关信息进行投诉。如果你的公司雇员少于 15 人，你可能会受到州法律的保护。因此，你可以向处理性骚扰的州政府机构投诉。访问一下州网站，查询相关事宜。

当然，第一件要做的事儿是说“不”！ 不要去你的经理家。开始要有礼貌地说，如果他生气了，那你就要强硬起来。你能和办公室的什么人谈谈吗？你们那儿有人力资源部门的人事主管吗？你可以和你的主管交流一下吗？一定要做好记录，把那个男人说的和做的每一件事都写下来，并且注明日期和具体时间。如果你有证人那就更好了。

事实上，你处在一个非常不利的境地。尽管性骚扰是违法的，可通常发生的情况却是，作为受害者反倒因得不到有效保护而无法心情舒畅地进行工作。显然你的经理比你有权势。我知道你想保住这份工作，但如果情况得不到好转，你可能不得不考虑另找一个地方去工作了。祝你好运！然后把结果告诉我。

附 注

- 性骚扰是一种就业歧视，是违法的，是严重的犯罪。
- 如果你受到了性骚扰，那就找一起工作的人谈谈。
- 向你的州或联邦平等就业机会委员会投诉。
- 40%—60%的职业女性遭受过性骚扰（男性也同样会受到性骚扰）。

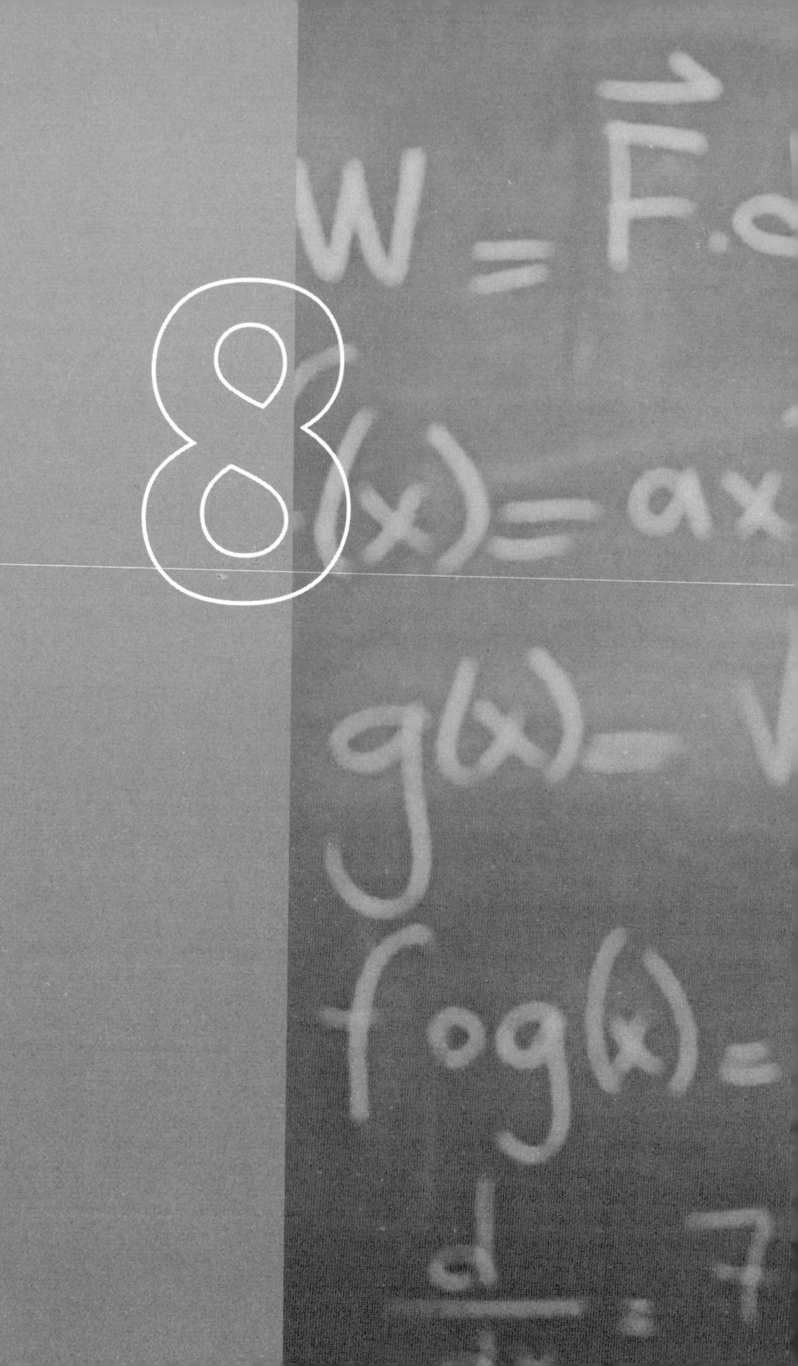
8
W = F.
(x) = ax
g(x) =
fog(x) =

第八章　学校

1. 考试与作弊

2. 教师的期望和学生的任务

1. 考试与作弊

亲爱的老师:

昨天的考试好可怕呀，也不公平。阅读理解测试有25个问题，你只给了我们35分钟。你说时间到了的时候，我才答了一半。我认为你就那样把我的试卷收走是不公平的。

泽维尔

亲爱的泽维尔:

很遗憾你对考试感到不满意。还记得吗？我告诉同学们考试就像玩游戏一样，你需要有一定的能力，但绝大多数情况下，你更需要知道如何遵守规则。足球比赛的规则不同于橄榄球，美国考试的规则和你们国家也不一样。大多数的美国考试都是计时的，当计时器响起的时候，考试就结束了。那就是说，所有的笔必须立刻放在桌子上。记得吗？我告诉过你们要先阅读问题，找关键词，然后在阅读选择中寻找答案。我也告诉过你们，每个问题不要花超过 1 分半的时间。因为我们没用电脑考试，所以我说你们不用按顺序做题，你应该先做容易的，然后猜你感觉不确定的。这就是我们“玩”考试游戏的方式。泽维尔，下次你会做得更好。在美国，我们会根据进步打分的。

亲爱的老师：

上学期我有过一次可怕的经历。这是我第一次走进美国大学。我非常兴奋，来学校还有点紧张。首先，我很惊讶学生们可以穿任何他们想穿的衣服，这和我们国家有很大的区别。还有那天的课堂作业是写一篇作文，老师布置完后，我就开始抄一个同学的。正抄着，突然被老师发现了，他责令我离开教室。我作业成绩得了个F！我感到很难堪，回到家就哭了。

第二周的一天，我们正在考试，我的一位同班朋友向我求助，我刚要帮她忙就被老师发现了。老师非常生气，当即把我俩的卷子都收走了。他说我们作弊，成绩都只能是F。我是刚想帮忙，还没有给她抄答案呢，我错在哪儿呀？

莉莉特

亲爱的莉莉特：

在美国，考试中“帮助”别人是作弊行为。在美国，我们重视个人工作的独立性，独立完成自己的工作是极其重要的。如果你学习了，而你的朋友没有，为什么她要得到属于你的学分呢？在美国学校参加考试，你不可以使用字典（除非老师允许）。你不能与人交谈，不能看任何有答案的纸张，或者看其他人的试卷，或者“帮助”你的朋友。如果你对考试有什么疑问，应该举手让老师过来找你，而不可以起身离开座位，直到考试结束为止。如果你帮助别人作弊，你就会和作弊者一起受到惩罚。如果你真想帮助你的朋友，应该在考前帮她复习。

在多数大学里，剽窃论文是会被学校开除的。要以独立完成工作为荣，不要作弊。我们教育我们的孩子——你要是作弊，结果只能是害了你自己。在学校学到的知识，比在考试中取得的成绩更重要。顺便说一句，如果你考试考砸了，你可以一次又一次地接着考，直到取得满意的分数为止。如果作弊被抓，你可能就没有第二次机会了。

附注

- 在美国，考试是计时的，一定要关注时间。
- 平均使用你的考试时间去做每一道题。
- 答题要尽可能快。如果提前完成了，就再检查一遍。不要考试还没结束，就起身离开。
- 多数考试，猜答案是可以的。实际上，这种做法也是预料之中的。但答错会减分，考试说明中会注明这一点。
- 先答简单的题。
- 如果你有什么疑问，立即向老师寻求帮助。

提示

- 考试时，不要看旁边人的试卷。
- 考试时，不要让旁边的人看你的试卷。
- 考试时，不要与任何人谈论任何事。
- 考试一结束，就立即放下笔。
- 别想作弊！如果没考好，你可以一次又一次地接着考，直到取得满意的分数为止。如果你作弊被抓住，你可能就不会再有机会了。
- 独立完成你自己的工作。从书上、朋友那儿或互联网上抄袭被称为剽窃，这是非常恶劣的行为。如果你剽窃了，可能就会被学校开除或被单位解雇。

2. 教师的期望和学生的任务

亲爱的老师：

我不明白为什么我在你的课上得到的成绩是C？我从不缺课，而且完成了所有作业。为了表示尊敬，我说话的时候从来没有直视过你。我很安静，不像班上其他同学那样总是在说话。有几个学生很没礼貌，总是问你问题，甚至不同意你的观点。我不明白为什么他们的成绩反倒是A。老师，我不是有意冒犯你，但我也想下学期得到一个A，我怎么做才能获得这个分数呢？

明达

亲爱的明达：

很遗憾，这样的成绩让你心烦意乱，我很愿意就此向你解释。整个学期我都在提示你，要在课堂上多发言。那些被你说成没有礼貌的学生，实际上是最好的学生。也许在其他国家，学生只是应该安静地坐在教室里听讲。但是在美国，我们更看重那些独立思考的人。在美国一个好学生是会经常提问题的。那些有自己观点的学生并不是对我无礼，他们只是想尽可能更好地理解我们正在学习的内容。如果你自己思考，你学到的东西要比老师给你的答案多得多。我现在才知道，你保持你的目光向下是为了尊重别人，但在美国，要想表示尊重，你就必须直视对方的眼睛。如果你不看着对方的眼睛，那个人会认为你做错了什么，或者是你对他不感兴趣。明达，你是个好学生，但你一定要问问题，和同学们多交流。如果你始终能完成作业、积极备考、问问题，并且在遇到特别的难题时，在我办公时间来找我，下学期你的成绩很可能就会是A。

附 注

●你通常可以获得免费的成人教育。在美国，即使你已经80岁了，重返学校也不晚。

●学生就该经常问问题。举起手，不要发出任何声音。当你被允许提问的时候，把手放下。只会有愚蠢的答案，但从来没有愚蠢的问题。不要因为问错了什么问题而感到难堪。

●如果你迟到了，就直接进来，什么也不说，只是坐下。在美国，这种情况下说“早上好”或“对不起”，或者站在门口不进来，都是不礼貌的。这会打扰到班上的其他同学!

●进教室要把帽子摘下来。在美国，在室内戴任何一种帽子（除了宗教原因）都是极其不礼貌的。另外，应摘掉你的墨镜。美国人需要看到你的眼睛才会相信你。

●不要在教室里化妆或涂指甲。不要喷太多香水和刮胡霜，让你的邻座闻到。一定要使用除臭剂。在美国，散发任何强烈的气味都是不礼貌的，因为这相当于侵犯了别人的个人空间。

●不要在课堂上嚼口香糖。如果你嘴里有口香糖，以正确的方式把它扔掉——也就是把嚼过的口香糖用纸包好，扔进垃圾桶。不要把它贴在桌子下面。

●上课时关掉手机。否则是不礼貌的，会扰乱课堂秩序。

●直接称呼老师的名字。通常老师会告诉你们，怎样称呼他们。用人的名字（史密斯女士、史密斯先生、史密斯教授）去称呼，而不是用职业名称（老师），从而表明他（她）是一个独立的人，这是非常重要的。

●在许多国家，学生必须穿校服。可在美国，校服很少见。

●在美国学校，老师打学生是违法的。另外，老师也不能让学生感到尴尬，或让他们感到羞愧。

●在美国，6—16岁的孩子必须上学。每个州也有自己的关于6岁之前和16岁之后的法律规定。

●如果你有个人关注的问题，课后或在老师的办公时间去找他们交流。

●多数学院和大学校园是允许参观的。四处走走，看看校园的景色，参观一下自助餐厅、书店和教学楼。如果你看到有大型讲座，也可以坐在后面听一会儿。

9

第九章　健康和个人事务

1. 保持清洁与卫生

2. 就医

3. 卫生间的使用

1. 保持清洁与卫生

老师：

昨天，我在单位办公桌上发现了一张没有署名的字条。老师，字条上说，我有股难闻的气味，字条是用橡皮筋绑在一瓶除臭剂上的。可我是一个非常干净的人呀！老师，我每天都用香水，每隔一天就洗一次头。这事儿不是太过分了吗？

安娜

亲爱的安娜：

我理解你收到这样匿名字条的心情。毫无疑问，这对你是一种伤害。但你也应该知道，美国人总是小心翼翼，怕自己的体味打扰到别人。多数美国人每天至少洗一次澡，之后又总是涂上适合自己的腋下除臭剂。当他们怀疑自己身上可能有任何异味时，马上就会清洗衣服。香水是掩盖不住衣服上的体味的。美国人通常每天洗一次头，至少也是一周洗一次。每天至少刷两次牙，嘴里还经常嚼着口香糖，或是喷口气清新剂。

安娜，我想你已经注意到电视上那些除臭剂和漱口液的广告

了。当你去药店时，你会为男女除臭剂、牙膏和口气清新剂的种类之多而惊叹不已。你也许会认为美国人在这件事儿上多少有点儿疯狂。但我们的确很难知道自己身上是否有明显的体味，因为它是我们自己的，而且我们已经习惯它了。我们认为无论是散发出难闻的体味，还是使用浓烈的香水都是不礼貌的，因为它侵犯了别人的个人空间。

如果你的同事觉得有问题，他们是应该以一种友好的方式和你沟通交流。可如果当面讨论对方体味之类的事儿，对两个人来说都很尴尬。所以我能理解为什么这张字条没有署名。顺便说一下，每天洗澡和喷香水是解决不了根本问题的。只有使用除臭剂，加上不断检查你的衣服才能奏效。你试试除臭剂，看看是否能有所改善。

附注

- 美国人真的很注意，不让自己的体味和口臭打扰到别人。
- 多数美国人每天至少洗一次澡，并且每次洗完澡总要涂上适合自己的腋下除臭剂。
- 多数美国人的衣服穿过一两次就洗。

2. 就医

老师：

我儿子耳朵感染了，哭闹不停。于是我们去了医院的急诊室。老师，我们等了整整8个小时！在这过程中孩子一直在哭。最后他们竟然让我付450美元，还要外加药费。这是正常的吗？

希莱尔

希莱尔：

希望你儿子现在已经好了。遗憾的是，许多学生告诉过我同样的事情。你们在急诊室里等呀等，等上几个小时，然后又被收取高额的费用。但是希莱尔，那是因为美国医院的急诊室只用于生死攸关的紧急情况。你儿子是病了不舒服，但医护人员不得不先处置那些心脏病发作或者意外事故的病人。在美国，你应该有自己的家庭医生，当你或你的家人生病时，应该先和家庭医生通电话。如果他认为确实是紧急情况，就会通知医院接诊。遗憾的是，现在美国处于经济萧条时期，尽管 84% 的美国人口（2.45 亿人）拥有某种医疗保险，但没有任何形式医疗保险的人还是很多。由于不是每一个人都能付得起他们的医疗费用，这就间接提高了其他人的就医成本。

你最好去问问一些亲属或朋友是否有他们喜欢的家庭医生推荐给你，这样的话，你和家人生病的时候就可以去见那个医生了。接下来最好再去找一个社区紧急救助诊所。但要注意，有时他们收费会很高，并且医生还没有执照。

记住，医院的急诊室只适用于生死攸关的紧急情况。那种时刻，医护人员极其繁忙，而且收费很高。

亲爱的老师：

我对家庭医生给我的治疗意见感到困惑。我感觉不舒服已经很长一段时间了，头疼得厉害。家庭医生告诉我，每天服用阿斯匹林就会感觉好些。我按着他的意见吃了，可头疼仍旧没有缓解，现在胃又疼上了。两周前我去见他，他说我没什么问题，疼痛只是我想象出来的。我问他，我是否是偏头痛或鼻窦炎，还是得了脑癌。他说他会给我开一个治疗偏头痛的处方，但不可能是脑癌。他还说我是在浪费他的时间。我吃了两周治疗偏头痛的药，可仍不见好转，而且还越来越严重。我想要另约一个时间去看他，但我害怕他又说我是在浪费他的时间。可我真是觉得不舒服和害怕。我应该怎么办呢？

爱丝特雷娜

亲爱的爱丝特雷娜：

你这么不舒服，我很难过。现在我明白了，你为什么缺了这么多课。我给你的第一个建议是换个医生。医生也是人，也会犯错误，但听起来似乎你的医生并不关心和理解你。一个好的医生是会认真倾听病人陈述的。记着，身体是你的，医疗费也是你（当然更希望是你的保险公司）付。任何一个医生都不应该说，你的病痛是自己想象出来的。一方面，患者要信任和尊重医生；另一方面，医生也应该倾听患者的诉求。记住，美国人有选择的权利，所以即使你与你的保险公司有合同条款上的约束，你也可以更换你的家庭医生。而且无论任何时候，只要医生解决不了你的问题，你就应该去看专家。爱丝特雷娜，你需要去看专治头疼的专家。你有权另请高明，而且完全不必再等上几个星期。事关你的健康，你确实需要积极努力地去争取。没有人比你更了解你自己的身体、症状和病痛。医生可以提出建议，但他们未必总能给出最适合你的治疗方案。祝你好运！爱丝特雷娜，请让我知道后来的情况怎么样了。

附注

●如果你对你的治疗方案有任何疑问，那就换个更好的医生。你必须记住，当医生建议某种治疗或手术时，因此承受疼痛的是你，支付医疗费的也是你。

●当健康出现问题时，如果一开始你就重视，可能会由此救自己一命。如果你感到哪不对，就该马上去想办法解决。等待很可能会使情况变得更糟。要是因为害怕或者没有保险而不去检查，将来可能会非常危险。

●你可以向前台接诊人员咨询，看医生需要花多少钱。如果你有保险，你可能也需要支付一定金额的分摊费用（co-pay）。如果医生让你去看专科医生或做某项检查，你要问清楚你的保险是否包括这些项目。

●如果你没有保险，问一下医务办公室，是否能给没有保险的病人打折（有些医院会给病人10%的折扣）。

●在打电话预约医生之前，把你所有的症状都用英语列出来。这样有助于你用英语表达，也不会遗漏任何重要的事情。如果你有医疗保险、健康保险或私人保险，你给医院打电话或者去医院就诊的时候，一定要带上这些相关的保险单。

●大多数州都有免费或者收费较低的诊所。如果你生病了，但又不是紧急情况，就不要去急诊室。大多数诊所都有两种就诊方式，一种是“走入式（walk-in）”，也就是第一次来，第一次就可以就诊；另一种是“预约式（appointment hours）”。最好提前预约，那你就不用像“走入式”的看病方式那样，需要等那么久了。但确实还是要等的，所以应该带本书或者是英语作业。

3. 卫生间的使用

老师：

非常不好意思，但我真的不知道该问谁是好——关于厕所的问题。我和朋友去了海边的一家海鲜餐厅。我想上厕所，可两个门上的标识我都看不懂。一扇门上写有“海鸥（Gulls）”，还画着一只鸟；另一扇门上的字是“浮标（Buoys）”，画着一个大球在水中。老师，我不知道该进哪个门才对。幸好有个男士从写着“浮标”的门出来，所以我进了标有“海鸥”的那个门。可后来，老师，我坐在马桶上时，它突然自动冲水了，吓了我一跳。接着，两个女士一起进来上厕所，整个过程她们一直都在交谈。所有这一切都正常吗？

保拉

亲爱的保拉：

这些尴尬的经历确实难以启齿，但却很重要。每种文化都有大小、形状和风格不同的卫生间（bathroom 或 restroom）以及多种不同的使用方式。对于外国人来说，要想全面了解有关美国卫生间的详情，通常不是很容易，想问也会感到为难。

与大多数其他国家不同，美国很少有公共厕所可供所有人在街旁或是地铁站使用。但在多数的百货商店、超市、餐厅、咖啡馆、加油站、图书馆、公共建筑等地方，你通常可以找到公共卫生间。如今，由于无家可归人的数量居高不下，在大城市的建筑物里找到一个方便使用的公共卫生间越来越难了。一般来说，卫生间都是锁着的，顾客必须去要钥匙。在多数地方，通常是男女卫生间各有一个门，分别通向带有抽水马桶的隔间。当然，父母可以带年幼的孩子到父母使用的那一间。男女卫生间常常用人物简笔画作为标记，或者直接标明 “男”“女” 。它们有多种叫法——restrooms、bathrooms、toilets、Mr. 和 Mrs、ladies 和 gentlemen、boys 和 girls、powder room（女士使用）、wash-room 、lavatory 等。在大型餐馆和公共场所，卫生间通常有很多可用

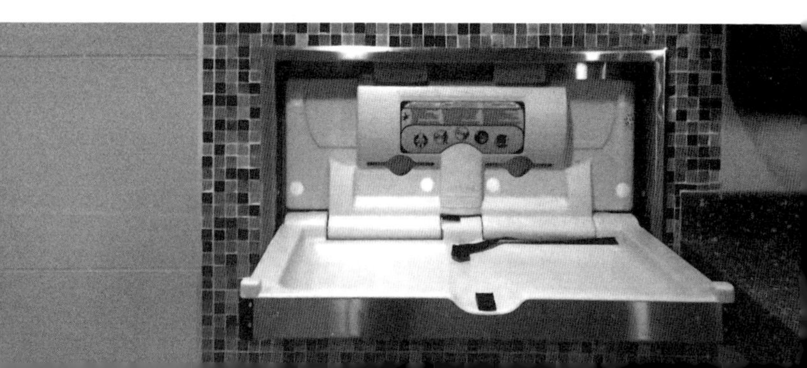

的抽水马桶，为了保护隐私都被隔离墙隔开了。这些隔间被称为蹲位（stalls）。男厕所通常也有不设隐私墙的小便池（urinal）。在较小的商店和餐厅里，可能只有一个卫生间，供所有人使用（但一次一人）。

有时一些餐馆试图表现幽默，比如你去的海边那家餐厅。“海鸥”是一种灰白相间的大海鸟的名字，发音像“女孩（girls）”。“浮标”是在海洋中测量距离的大球，这个词听起来像“男孩（boys）”。几年前，我的一个德国学生也遇到了和你类似的窘境。她在一家得州风味牛排餐馆用餐，厕所门上贴着“His'n”和“Her'n”的标牌。那的确是男女卫生间的意思。但是在德语中，男卫生间叫作“Herren（男士用）”，所以，她当然就不会去开那个有“Her'n”字样的门了。于是她进了另一个标有“His'n”的门，当她看到一个男人在里面时，就赶紧出来了。

保拉，当你不确定的时候，就问问别人或等一下看看进去或是出来的是男是女。

所有卫生间都应该是干净的。通常，那里会有可以盖住马桶座便

圈的特别纸垫和厕纸。与一些国家不同，美国多数下水管道都可以容许厕纸和座便上的纸垫直接冲入马桶。为了卫生和安全起见，这两种用过的纸都必须冲掉，决不要扔到垃圾桶或地上。在女士卫生间，通常会有一种特别的小卫生盒挂在墙上或放在坐便旁的地上。这不是用于装厕纸的而是为了女士的特殊需要 —— 装用过的卫生棉条或卫生巾。还应该有带热水的洗手池，配有洗手液和擦手纸巾。有时候会有一个热风干手器，替代纸巾。有些卫生间里还有一个自动售货机，卖一些急需用的香水、避孕套、妇女专用品等。

为了保证健康，在使用完厕所后，一定要用温水和洗手液洗手。如果厕所不干净，或者没有洗手液和厕纸，应该告诉经理。

与其他国家的厕所不同，美国的马桶是专门为坐着使用设计的。如果要是站在上边使用，座便圈就会断裂。

最近，为了节约用水、保护环境，马桶和水池都换成自动的了。马桶是自动冲水的，如果你不知道，那确实会吓你一跳。通常，你能看到自动冲水马桶后面的小红灯，有时如果马桶不冲水，就按一下那个按钮，马桶就会冲水了。使用带有自动控制的水池，你通常需要把手在水龙头下晃动，水就流出来了。个别情况下，你需要在水池下面的地上踩脚踏开关。

要想知道卫生间在哪里，你应该这样问："Excuse me, where is the restroom？"我知道你会感到奇怪，很多美国人会和朋友一起去卫生间，并在小便池或相邻的蹲位继续他们的交谈。美国人在使用卫生间时，用手机聊天也很普遍。但多数美国成年人在说到他们在卫生间里具体做了什么时，会感到不自在。

我希望这些说明能对你了解在美国如何使用卫生间有所帮助，感谢你的信任。

附注

- 朋友们经常在上厕所时互相交谈。
- 一定要把所有厕纸和座便上的纸垫一起扔到马桶里冲掉。
- 一定要把擦手纸巾扔到水池旁边的垃圾桶里。
- 女士应该把用过的卫生用品扔在卫生间专用的小容器内。
- 如果卫生间不干净或者没有厕纸，应该告诉经理。
- 如果你看不懂厕所门上的标识，就问问别人，或者观察一下进去或出来的人是男是女。